CW01496284

NARRATORI MODERNI

IDRA NOVEY

LA DONNA
CHE SPARÌ
CON UN LIBRO

Traduzione di
LETIZIA SACCHINI

Garzanti

Prima edizione: marzo 2017

Per essere informato sulle novità del Gruppo editoriale Mauri Spagnol visita:
www.illibraio.it

Traduzione dall'inglese di
Letizia Sacchini

Titolo originale dell'opera:
Ways to Disappear

ISBN 978-88-11-68849-5

Printed in Italy

www.garzanti.it

LA DONNA CHE SPARÌ CON UN LIBRO

A Leo, per ogni costa insieme a te

Per un po' siamo diventati la stessa parola.
Non poteva durare.

Edmond Jabès

In un parco fatiscente della zona più fatiscente di Copacabana, una donna con una valigia e un sigaro si fermò sotto un mandorlo. Era rotondetta e aveva una crocchia di capelli grigi annodata sulla nuca. Guardò in su per un minuto, poi si mise in bocca il sigaro, posò la valigia sul ramo più basso e ci si arrampicò sopra.

«Guardate un po' quella!» esclamò uno degli uomini che giocavano a domino nel parco, mentre la donna saliva sempre più in alto, esponendo allo sguardo dei passanti l'elastico delle mutande di cotone e la pelle flaccida delle cosce.

I giocatori di domino volevano andare a pranzo, ma pensavano che non fosse giusto lasciare una donna seduta in cima a un mandorlo con una valigia e un sigaro. Scelsero di mandare avanti Julio, il seduttore del gruppo. Per prepararsi al compito, Julio si arrotolò la punta del baffi e controllò che le bretelle fossero ben allineate. Ai piedi dell'albero alzò gli occhi e si ritrovò davanti il grosso didietro della donna, sospeso proprio sopra la sua testa. Per vedere il resto dovette spostarsi un poco e notò che teneva un libro aperto in grembo, come se fosse seduta nella sala d'attesa di una stazione.

«*Senhora*, le serve aiuto?» chiese.

La donna lo ringraziò per l'interessamento, poi disse che aspettava quel giorno da tempo, e sembrava così serena, appollaiata sull'albero con il libro e il sigaro, che Julio le augurò buona fortuna e andò a mangiare un piatto di fagioli.

11

Davanti alla tivù con un piatto di riso e fagioli, la traduttrice dal portoghese Emma Neufeld disse al fidanzato che si sentiva un po' in ansia. La sua autrice non rispondeva alle e-mail da più di una settimana.

Miles le fece notare che sprecava troppo tempo a tormentarsi per le e-mail senza risposta. Di recente lui preferiva parlare della data del matrimonio, o chiedersi se invitare o no tutti i membri del loro gruppo di runner. Per quanto lo riguardava, propendeva per un rinfresco all'aperto.

Emma, da parte sua, non propendeva per un bel niente.

Solo che non glielo aveva ancora detto.

Quella sera finalmente arrivò un'e-mail dal Brasile, anche se non da parte di Beatriz. Il mittente sosteneva di chiamarsi Flamenguinho. La *senhora* Neufeld era al corrente del fatto che cinque giorni prima la sua autrice si era arrampicata su un mandorlo con una valigia ed era scomparsa?

Emma si avvicinò allo schermo per assicurarsi di avere letto bene. Ripeté fra sé le parole portoghesi per «mandorlo» e «valigia», per «autrice» e «scomparsa». Sullo scaffale di fronte a lei erano allineati i cinque lavori di traduzione su cui aveva consumato le proprie giornate dopo il dottorato. Li aveva portati a termine uno dopo l'altro, con la stessa dedizione di chi è vittima di una dipendenza. Nessun traduttore, in nessuna lingua, aveva mai lavorato su così tanti libri di Beatriz.

Al piano di sotto, Miles aveva cominciato i preparativi serali per la corsa dell'indomani. Le giunsero il tonfo sordo delle loro scarpe da ginnastica, che lui aveva lasciato cadere accanto alla porta, e il tintinnio delle chiavi sul tavolino all'ingresso. Era difficile mollare una persona capace di tanta meticolosa devozione.

Emma cliccò sulle previsioni del tempo. A Pittsburgh, fuori dal loro squallido appartamento in affitto, stava nevicando. A Rio de Janeiro le temperature sfioravano i quarantun gradi.

Al telefono, Raquel Yagoda disse alla traduttrice di sua madre che non aveva motivo di partire per il Brasile. «Non è necessario. E poi non è davvero il caso, con l'ondata di calore che è appena arrivata in città.»

Di fronte alle insistenze di Emma, Raquel si scusò e aggiunse che doveva proprio lasciarla. Il notiziario di TV Globo mandava in onda a ripetizione le stesse tre vecchie fotografie: sua madre nel 1983, con una tuta pantalone di poliestere viola, che ritirava il Prêmio Jabuti; sua madre incinta di Marcus di sette mesi al festival letterario di Porto Alegre; sua madre durante un'intervista televisiva, all'epoca in cui aveva ancora i capelli scuri e folti e il corpo così sottile che pareva chiudersi a ventaglio ogni volta che oscillava sulla poltrona.

«Chiunque abbia informazioni sulla scrittrice sudafricana Beatriz Yagoda», scandiva l'annunciatore, «è pregato di chiamare il numero in sovrimpressione.»

«Sudafricana», ripeté Raquel spegnendo la tivù. Sua madre aveva lasciato Johannesburg a due anni. Era sudafricana quanto la bossa nova.

15

Mentre raggiungeva l'aeroporto di Pittsburgh, Emma pensava in portoghese. Miles, al suo fianco, non faceva che ribadire in inglese quanto quel viaggio fosse inopportuno. «È una vera follia», diceva, «ora che abbiamo un matrimonio da organizzare.»

Lei lo lasciava parlare. Era stanca di giustificarsi. Di Beatriz non conosceva soltanto i libri. Sapeva che aveva un accappatoio color melone e qual era il lato del divano dove preferiva raggomitolarsi per leggere. Ogni anno degli ultimi sette Emma aveva speso parte del suo stipendio di ricercatrice universitaria per far visita alla scrittrice. Pianificava i viaggi con largo anticipo, e Miles non se n'era mai lamentato. Al ritorno non le chiedeva quasi nulla, mostrando una discrezione che lei aveva imparato ad apprezzare. Non avendo mai dovuto parlarne, poteva rievocare le sensazioni legate a quei viaggi mentre traduceva. Si sforzava di ricordare una particolare mattina a Rio, il bagliore aranciato che lambiva l'oceano, e usava quella luce per illuminare le strane, oscure barche delle immagini di Beatriz mentre le trasportava in inglese.

Miles si sbagliava. Lei conosceva Beatriz troppo bene per non provare a risolvere il mistero della sua sparizione. Probabilmente nessun altro aveva pensato alla scena di uno dei suoi primi racconti, in cui una guardia carceraria scompare nella chioma di un albero. Non riusciva a ricordarne il titolo, con Miles che continuava a borbottare accanto a lei nell'auto, ma era sicura che in aeroporto le sarebbe tornato in mente.

Infatti, mentre erano in fila per i controlli di sicurezza, le si materializzò in testa: *A Lua Nova*, «La luna nuova». Subito dopo ricostruì tutta la storia, ambientata su un'isola dove c'erano soltanto un carcere e un'orchestra di lucertole che ogni notte deliziava i detenuti con un concerto di samba e *maracatu*. Il racconto parlava di un prigioniero muto che trascorreva il tempo a intagliare ossi di pollo e della guardia che, innamorata di lui, alla fine decideva di avvelenarlo, nella speranza di placare il proprio struggimento.

C'era poi un'altra guardia, un personaggio secondario che si arrampicava su una palma appena fuori dalle mura del carcere per ascoltare le lucertole. Lassù si sentiva così libero – invisibile agli sguardi, lontano da colleghi e prigionieri – che decideva di non scendere mai più.

Forse sull'albero succedeva qualcos'altro, ma era appena accennato. Emma non ricordava bene. Avrebbe cercato il libro a casa di Beatriz, oppure ne avrebbe chiesta una copia all'amico della scrittrice che le aveva usato la gentilezza di informarla dell'accaduto. Beatriz non le aveva mai menzionato Flamenguinho, ma quell'uomo sapeva quanto loro due fossero vicine e che in quel frangente la traduttrice americana si sarebbe rivelata preziosa. Avevano concordato di incontrarsi al bar dell'albergo poco dopo il suo arrivo. Emma non vedeva l'ora di risentire in bocca la dolce cadenza del portoghese e sulla pelle la brezza dell'Atlantico.

Quando finalmente atterrò al Galeão, l'aeroporto internazionale di Rio, respirò a pieni polmoni il familiare miscuglio di sudore, gas di scarico e guava, che l'assalì appena lasciata l'area ritiro bagagli. Sentiva già la stoffa del vestito incollarsi alle braccia e alla schiena. Dopo tante settimane d'inverno, quella sensazione e gli odori forti avevano un che di glorioso. Arrivando a Rio, d'un tratto ricordavi di avere un corpo da portarti appresso ovunque andassi.

Anche il tassista aveva un corpo, scintillante di sudore, e non si faceva scrupolo di metterne in mostra buona parte sotto un'attillata canottiera rosa. Quando le chiese dove avesse imparato il portoghese, Emma gli parlò di Beatriz.

«Scommetto che le piacerebbe poter tradurre i veri giganti», commentò lui. «Maestri come Jorge Amado e Carlos Drummond.»

Allora lei gli parlò della guardia in cima all'albero, del carcere sull'isola con la sua orchestra notturna di lucertole, di quel racconto strano e limpido come un sussurro della storia segreta del mondo.

«Lo conosco», disse il tassista. «È il Calderone del diavolo».

«No, credo che il titolo sia *La luna nuova*», replicò Emma.

«Io parlo del carcere», fece lui. «D'estate, sulla Ilha Grande, si brucia come all'inferno.»

«Ilha che? Non capisco il tuo accento.»

Flamenguinho fece un rutto così fragoroso che gli occhi gli uscirono dalle orbite come quelli di un rospo. Al boato, diversi clienti del bar si voltarono sbalorditi. Emma non riusciva a immaginare Beatriz in compagnia di un uomo del genere. Oltre al suo spiacevole problema di eruttazione, Flamenguinho aveva tatuato sul collo una specie di bidone della spazzatura.

Inoltre rivolgeva le domande al seno di Emma anziché a lei. «Che ci sarebbe andata a fare Beatriz sulla Ilha Grande?» chiese alla sua maglietta.

«Credo che c'entri uno dei suoi primi racconti», gli rispose. «È ambientato a...»

Burp! A Flamenguinho sfuggì di bocca un altro rutto così forte che dovette afferrare il bordo del tavolo. «Senti», disse senza staccarle gli occhi dalle tette, «'fanculo il racconto. Sai cosa voglio io? I seicentomila dollari che mi deve. Capito? So che è al verde, quindi devi farti dare quel maledetto libro che sta scrivendo. Di quello che guadagna nel tuo paese, mezzo milione è mio. Così non dovrò ammazzarla.»

Emma si guardò le mani: aveva intrecciato le dita in quello che la sua insegnante di yoga chiamava «il legame». Non le sembrava il momento di spiegare a quell'uomo che la Elsewhere Press era costituita da una donna di nome Judie chiusa in un piccolo ufficio nella zona settentrionale dello stato di New York e da una manciata di stagisti reclutati da una piccola università nelle vicinanze. Per ogni libro che pubblicava Judie corrispondeva a Emma lo stesso compen-

21

so di Beatriz: cinquecento dollari. Per sbarcare il lunario, Emma teneva interminabili corsi di portoghese per ispanofoni in una succursale della University of Pittsburgh.

Sempre con le dita intrecciate, chiese a Flamenguinho come avesse avuto il suo indirizzo e-mail.

Lui dilatò le narici. «La vedi, questa?» Si aprì la giacca per mostrare quello che pareva il rigonfiamento di una pistola nella tasca interna sinistra. «Non penserai che io sia un idiota, vero? L'ho trovato in rete, come può fare un coglione qualsiasi. Se vendi il libro e mi dai i soldi, non sentirai più parlare di me. Hai capito?»

In preda a un lieve senso di nausea, Emma annuì. Tra i vari scenari che si era prospettata per quel viaggio non era contemplata l'eventualità di essere minacciata con una pistola. E poi non riusciva a concepire che la sua autrice fosse il tipo capace di nascondere una dipendenza dal gioco d'azzardo. Aveva tradotto ogni emozione messa su carta da Beatriz. Avevano discusso le sfumature di centinaia di parole, le ragioni per cui Beatriz le aveva scelte. Avevano bevuto il caffè insieme in pigiama. A poco a poco, Emma aveva imparato a prevedere il comportamento della scrittrice meglio del proprio. Se non fosse riuscita a trovare lei, non sarebbe mai stata in grado di trovare nessun altro.

«Credo di sapere dov'è andata», disse allo strozzino che le sedeva di fronte. «Se ha finito il libro, lo tradurrò il più velocemente possibile, e tutto il ricavato delle vendite sarà tuo. Promesso.»

Promettere: [dal latino *promittere*] **1.** Impegnarsi con altri a fare o dare qualcosa, a tenere un dato comportamento. **2.** Verbo utilizzato quando si vuole garantire un determinato risultato: «Nel tempo, un traduttore si abitua a promettere l'impossibile come uno strozzino si abitua a promettere il massacro». *Si veda anche*: il genere umano dopo Babele, le impiccagioni durante l'Inquisizione, musica da camera ascoltata al buio.

Raquel lasciò che ad aprire la porta a Emma fosse suo fratello. Non era in vena di affrontare la traduttrice di sua madre, nonostante Marcus le avesse fatto notare che quella donna aveva fatto un lungo viaggio per venire ad aiutarli. Non sarebbe stato giusto rifiutarsi di parlarle.

Raquel non era d'accordo. Non aveva mai capito perché la madre la ospitasse a casa propria. Una traduttrice non poteva certo dirsi una persona di famiglia, e Beatriz non l'aveva mai definita un'amica. Eppure ogni anno a giugno si presentava lì, così magra e nervosa che in sua presenza era impossibile rilassarsi. Anche la crema solare che si metteva costituiva un problema. Durante le visite di Emma, in soggiorno aleggiava perennemente il tanfo della sua lozione americana a base di ossido di zinco.

Quella dello strozzino obeso che ruttava in modo compulsivo era proprio una delle storielle paranoiche che ci si poteva aspettare da lei. Una psicologa amica della mamma le aveva già chiarito cos'era successo. Beatriz aveva avuto un episodio di amnesia o una fuga dissociativa. Come spiegare altrimenti il gesto di una donna di più di sessant'anni che si arrampica su un albero trascinandosi dietro una valigia?

Certo, la mamma aveva sempre amato il poker e le piaceva vincere. Quando lei e Marcus erano piccoli, ci giocava spesso assieme a loro e faceva partite serie con i suoi amici scrittori. In entrambi i casi, non lasciava mai intendere che carte avesse finché la mano non era conclusa.

Ma non avrebbe mai giocato d'azzardo su un sito dove si scommettessero grosse somme di denaro perché era sempre al verde. E anche se un delinquente avesse scoperto quanto era brava e le avesse offerto dei soldi, non avrebbe mai accettato. Non ne aveva motivo. A São Paulo c'era un clan di vecchie zie disposte a farle un prestito ogni volta che ne aveva bisogno, sebbene contattarle non fosse mai indolore. Alla fine della telefonata Beatriz si rattrappiva sulla cornetta ripetendo: «Hai ragione, hai ragione, avrei dovuto fare così».

Da ragazzina, Raquel chiamava spesso al posto suo, e le zie le raccontavano immancabilmente di quando la mamma da piccola era caduta da un albero battendo la testa, come se quell'incidente potesse spiegare tutto. Ciò nonostante mandavano sempre più soldi di quanti Beatriz ne avesse chiesti. Se la telefonata veniva fatta alla vigilia dello Shabbat, il bonifico arrivava il lunedì mattina presto.

«Quell'uomo ti ha preso in giro», disse Raquel a Emma.

«Ho visto la pistola nella tasca della giacca.»

«Qui a Rio metà della gente ne ha una. Vero, Marcus?» Raquel si voltò verso il fratello, ma lui si era seduto alla scrivania della madre e stava frugando in mezzo a un mucchio di carte di cioccolatini e fazzoletti usati per trovare la tastiera. «Non accendere quel computer. Non toccarlo. Non le sarebbe mai venuto in mente di giocare d'azzardo. Se usava il computer, era per scrivere e basta.»

Marcus lo accese comunque.

Prima di incontrarli, Emma non aveva mai pensato all'eventualità che la sua autrice avesse dei figli. La prima volta che le aveva fatto visita, si era stupita nel trovare in soggiorno un ragazzo con un paio d'occhi del medesimo verde radioattivo di quelli di Beatriz e i suoi zigomi alti. Ma lo sguardo di Marcus non aveva la stessa intensità; era invece pigro e sensuale. Non l'aveva stupita il fatto che nel club di Leblon dove lui faceva il barista qualche sera alla settimana ricevesse mance così generose da non avere motivo di cercarsi un altro lavoro.

Soltanto la figlia maggiore aveva ereditato l'intensità della madre, che tuttavia si manifestava in modo diverso. Aveva occhi piccoli e sospettosi e un'espressione di disappunto perennemente dipinta sul viso. Ai tempi del loro primo incontro, Raquel era infuriata con i sindacati con cui stava trattando per conto di un'importante società mineraria. Ora lavorava per una società mineraria ancora più grossa ed era ancora più infuriata con i sindacati.

Una sera, durante una lunga chiacchierata in terrazza, Emma aveva chiesto a Beatriz se avesse deciso consapevolmente di non scrivere mai dei suoi figli. La donna l'aveva fissata senza capire: il romanzo che lei aveva appena finito di tradurre parlava proprio di loro. Emma era arrossita e aveva detto: «Sì, certo, mi riferivo ai libri precedenti».

A ben pensarci le analogie fra i protagonisti dell'ultimo romanzo di Beatriz e i suoi figli erano piuttosto evidenti. *Sai che gusto hanno le farfalle* narrava le vicende dei sindaci di due città confinanti, adagiate lungo il corso del Rio delle

Amazzoni. Uno dei due era dinamico e intraprendente, sempre impegnato a far ripulire e sistemare il vecchio porticciolo per attirare i turisti americani. Ma nonostante i suoi sforzi, tutti gli stranieri si fermavano nella città vicina, il cui sindaco non faceva mai restaurare nulla e se ne fregava dei mucchi di rifiuti che infestavano la riva. L'immondizia attirava mosche e avvoltoi, ma anche grandi colonie di farfalle rosa e arancioni, che si posavano a decine sulle braccia degli sbalorditi turisti che passeggiavano sul molo fatiscente, solleticando loro la pelle.

Per attirarle, il sindaco intraprendente decise allora di piantare fiori e di acquistare da un vivaio grosse vasche di bruchi. Eppure le colonie di farfalle continuavano a dirigersi verso i cumuli di spazzatura della città rivale.

«*Puta que o pariu*», imprecò Marcus rivolto allo schermo del computer. Emma si avvicinò per capire cosa stava guardando. Era la cronologia degli ultimi siti internet visitati da Beatriz, tutti dedicati al poker.

«Fammi vedere.» Raquel spinse via il fratello per prendere il controllo della tastiera.

«Forse ora dovrei andare», disse Emma.

«No, resta.» Marcus si alzò e le fece cenno di seguirlo in cucina, lasciando la sorella alle sue ricerche. Prese un paio di limoni dal cesto della frutta, li palpò e si strinse nelle spalle. «Ci dovremo accontentare», osservò mentre cominciava a preparare tre caipirinha, supplendo alle carenze dei limoni con dosi abbondanti di cachaça e zucchero.

Quando porse il drink a Emma, indugiò con lo sguardo sulle sue labbra appoggiate al bordo del bicchiere.

«Non c'è ragione di spendere soldi per l'albergo», aggiunse. «A mia madre piaceva averti qui. Se vuoi, la camera degli ospiti è tua.»

Emma non voleva mancarle di rispetto. Aveva intenzione di lasciare ogni oggetto del bagno così come lo aveva trovato. Quando Beatriz era nella stanza accanto, non le sarebbe mai passato per la testa di toccare la sua spazzola e tantomeno di usarla. Solo che ora lei era scomparsa, e dopo essersi azzardata a prenderla e a passarsela tra i capelli, sentì il bisogno di farlo un'altra volta, poi un'altra ancora.

L'appartamento era così silenzioso che Emma riusciva a sentire il ronzio delle auto su rua Barata Ribeiro, o forse si trattava di un rumore diverso: i cachi e le maracuja che maturavano lentamente in cucina, il mormorio dei libri dell'autrice sugli scaffali, intenti a domandarsi quando Beatriz sarebbe tornata.

L'ultima volta che era stata lì, Emma le aveva confessato sulla porta del bagno di non aver tradotto i suoi primi romanzi con il dovuto scrupolo, e Beatriz le aveva risposto che lo scrupolo era per gli impiegati. «Perché sia un'opera d'arte», aveva aggiunto, «una traduzione dev'essere costellata delle trasgressioni degli artisti, scomode ma necessarie.»

Con la scomparsa di Beatriz, i limiti delle trasgressioni necessarie si erano fatti ancora più confusi. Andando in Brasile in sua assenza, Emma si era messa alla prova. Nello specchio del bagno, fissò il riflesso della sua mano, quella spazzola che non le apparteneva ma che ora portava un'ombra dei suoi capelli. Tutt'a un tratto in testa le balenò l'immagine dell'aula di un tribunale medievale, con le pareti fatte di nuda pietra. Lei era rivolta verso la giuria. Decine di spettatori la sbirciavano, e quando Emma abbassò gli occhi capì perché. I contorni delle sue mani e delle sue braccia erano sfumati e imprecisi. E anche quelli delle gambe. Quando provò a toccarsi il viso, le sembrò di passare le dita in mezzo a una nuvola di vapore. Eppure nella stanza la stavano guardando tutti. Riuscivano a vederla, almeno quanto bastava per accusarla dei suoi presunti crimini.

Si sforzò di ricordare da quale film o libro fosse tratto quello strano processo. A meno che fosse una sua invenzione, una scena partorita tempo prima dalla sua mente e archiviata, che aveva rievocato solo in quel momento: nell'appartamento vuoto, mentre si passava la spazzola tra i capelli, prima di sentire lo strappo secco delle ciocche impigliate nelle setole.

Raquel prese in mano il telefono per chiamare il suo capo, poi cambiò idea. Nei nove anni di lavoro fianco a fianco, Thiago era diventato qualcosa di più di un superiore, ma il suo ruolo variava in modo imprevedibile. Contattarlo mentre era in quello stato poteva rivelarsi un errore. Lui avrebbe pensato che non era riuscita a gestire i bifolchi che stavano scioperando a Minas e avrebbe affidato le trattative a Enrico.

Si sedette sul letto. Poteva telefonare a Marcus, ma si rendeva conto che, se lo avesse fatto, avrebbe finito per sentirsi ancora più sola. Avrebbero litigato un'altra volta. E in ogni caso probabilmente suo fratello era già sul traghetto insieme a Emma. Raquel disapprovava quel viaggio. Aveva dovuto ammettere di non sapere in che altro posto cercare, ma era una follia lasciarsi influenzare da un racconto che sua madre aveva scritto vent'anni prima. Emma somigliava agli ammiratori presuntuosi di sua madre, convinti di conoscerla intimamente solo perché avevano imparato a memoria i suoi libri. Ma erano del tutto all'oscuro dei giorni che Beatriz trascorreva a letto dopo aver chiamato le zie di São Paulo, o per ragioni che lei stessa non era in grado di formulare. Se ne stava lì sdraiata come un coccodrillo, con gli occhi verdi smarriti. Quando Raquel parlava, la ascoltava ma sembrava restia a rispondere o incapace di farlo.

Se sua madre fosse voluta scappare su un'isola, ne avrebbe scelta una molto più lontana. La Ilha Grande era troppo vicina a Rio e ospitava ricconi che giocavano a fare gli alternativi. Beatriz non avrebbe mai voluto ritrovarsi circondata da ragazzini in infradito che fumavano erba e digitavano sugli iPhone. E poi il governo aveva demolito il carcere con la dinamite anni prima. Raquel aveva visto l'esplosione alla tivù insieme alla madre. Mentre l'edificio implodeva, Beatriz aveva indicato gli uccelli che si libravano freneticamente dalle chiome degli alberi e aveva detto: «Guarda, gli uccelli stanno cadendo dentro al cielo». Con riluttanza, Raquel li aveva guardati attraverso il velo di fumo. Per una volta le sarebbe piaciuto parlare con sua madre semplicemente di ciò che stava accadendo. Una demolizione.

Quando la gente le chiedeva come ci si sentiva a essere la figlia di una donna che di mestiere inventa storie, lei diceva la verità. Non aveva mai letto i libri di sua madre. Non si era mai fatta incantare dall'illusione di poter conoscere una persona dai romanzi che scrive. Scoprire ciò che uno scrittore non aveva mai scritto, pensava, era forse l'unico modo per conoscerlo davvero.

Fedele allo stereotipo dei mezzi pubblici brasiliani, il traghetto per la Ilha Grande aveva un'ora di ritardo. Emma,
fedele allo stereotipo del viaggiatore nevrotico, colse l'occasione per fare una capatina al più vicino internet café.
Nella sua casella di posta c'erano due messaggi di Miles, ma
non li aprì. Aveva pagato soltanto per dieci minuti e voleva
fare una ricerca sulla specie di rospo di cui aveva parlato
con Marcus durante la corsa in taxi. In inglese si chiamava
red-belly.

Nome scientifico: *Melanophryniscus montevidensis.*

In portoghese brasiliano: *Flamenguinho,* dalle uni-
formi rosse e nere della squadra di calcio di Rio de
Janeiro.

Alcaloide tossico/quantità di veleno: estremamente variabile, spesso fatale.

Lo stimato editore letterario Roberto Rocha aveva l'abitudine di sottoporre a un test le bistecche per capire se valevano il prezzo che aveva pagato. Il risultato aveva a che vedere con la densità del fumo che saliva dalla padella quando la carne cominciava a sfrigolare. Anche nelle opere di narrativa che dava alle stampe cercava la densità: un cuore tenero al centro, ma abbastanza potente da offuscare l'aria.

Erano anni che non si imbatteva in qualcosa del genere. Ogni manoscritto che si aggiungeva alla pila sulla sua scrivania lo annoiava nel giro di una quarantina di pagine. Anche quelli che decideva di pubblicare gli sembravano dozzinali, insipidi, con un retrogusto artefatto e sintetico. Nessuno gli aveva mai detto che dedicare la sua vita e il suo patrimonio alla causa dell'editoria letteraria l'avrebbe trasformato in un ciccione disilluso. Ovviamente, se pure qualcuno lo avesse fatto, lo avrebbe classificato come un imbecille e un ignorante.

«*Senhor* Roberto?» Flavia, la sua assistente, bussò e si affacciò alla porta. «È arrivata la posta. C'è una lettera da parte di sua cugina Luisa.»

«Buffo», disse lui, «considerato che non ho nessuna cugina di nome Luisa.»

«Forse c'è scritto Laura Flaks. O magari Lourdes. La grafia è un po' strana.» Flavia si aggiustò gli occhiali dalla pesante montatura nera che erano il marchio di fabbrica di tutte le ragazze del settore e gli tese la busta.

Il cognome Flaks gli ricordava qualcosa, ma non era legato alla sua famiglia. Rocha era quasi sicuro che fosse ebreo.

35

«Caro Roberto», cominciava la lettera, «detesto doverte-
lo chiedere, ma spero che sarai così gentile da aiutare una
cugina in difficoltà, rifugiatasi per una settimana nell'albergo del quale seguono i recapiti.»

«Che coincidenza bizzarra», disse Rocha.

Poi gli tornò in mente la scena della vasca da bagno nelle
prime pagine del romanzo che aveva portato alla ribalta la
sua piccola casa editrice. Luisa Flaks con la testa reclinata
all'indietro, i lunghi capelli simili a una ragnatela contro la
ceramica. Luisa sdraiata, sensuale e normalissima, o forse
non poi così tanto, visto che aveva resistito alla tentazione
di chiudere i rubinetti, lasciando che l'acqua traboccasse
oltre il bordo e sulle piastrelle fino a filtrare nell'appartamento di sotto; l'aveva fatta scorrere finché le si era rag-
grinzita la punta delle dita di mani e piedi e aveva perso
sensibilità al fondoschiena. Rocha si era preoccupato che la
scena fosse un po' eccessiva, la descrizione troppo prolissa,
ma Beatriz aveva obiettato che il punto era proprio quello:
far tracimare ogni cosa; l'acqua della vasca, i dettagli. Portare tutto oltre il limite.

Il romanzo era stato l'unico pubblicato da Rocha ad andare in ristampa nel giro di un mese. Quello successivo aveva vinto tutti i premi letterari più importanti del paese, e a
quel punto Rocha aveva incoraggiato Beatriz a firmare un
contratto con un grande editore internazionale. Non voleva tarparle le ali. Sperava soltanto che continuasse a fargli
leggere le bozze, e così era stato. Tutte quante.

«Sull'altra scrivania c'è il mio libretto degli assegni», disse a Flavia. «Saresti così gentile da portarmelo?»

Nell'istante in cui Emma mise piede sul traghetto una pioggerella obliqua cominciò a bagnare il ponte. Per nulla scoraggiati, due ragazzi a prua tirarono fuori dalle custodie un paio di chitarre dall'aria vissuta. Altri, tra cui Marcus, si erano accaparrati le panche sotto la tettoia per sdraiarsi a poltrire durante il viaggio.

Emma era troppo agitata per riposare. Si sedette all'estremità della lunga panca su cui era stravaccato Marcus per fare la guardia ai bagagli. Pittsburgh, Miles, il lavoro: la sua vita era come una pelle di cui si fosse sbarazzata sull'aereo. Perfino l'inglese e la persona che era quando lo parlava sembravano inutili, almeno finché uno dei capelloni seduti a prua si mise a strimpellare le note di *Redemption Song*. Una ragazza con una collana fatta di grossi chicchi sgargianti cominciò a cantare. Di lì a poco, tutto il gruppo intonò *No, Woman, No Cry*, a un volume e con un pathos impossibili da ignorare.

Emma si girò per scambiare uno sguardo di disappunto con Marcus, ma lui aveva gli occhi chiusi. Tutt'intorno, i ragazzi sul ponte usavano il grembo delle amiche come cuscino. Ora pioveva forte, e Marcus si era allungato fin quasi a sfiorarle con la testa il ginocchio nudo.

Emma cercò di allontanarsi, ma lui continuava a scivolare verso di lei, nel sonno o forse intenzionalmente.

In quel momento, anziché trovarsi su quel traghetto che procedeva nella foschia, avrebbe dovuto correre i soliti dieci chilometri insieme a Miles. Il pensiero la sfiorò proprio mentre Marcus inclinava la testa. La bocca morbida e carnosa era così vicina che poteva sentire il suo respiro contro la coscia.

Quando una luce intensa baluginò alla sua sinistra, Emma pensò: "Un lampo".

Bom dia, Brasile!

Qui a Radio Globo ci piace l'idea di aprire la giornata con una nota romantica. Vogliamo parlare d'amore, quello che un noto rubacuori di Rio, Marcus Yagoda, ha appena trovato fra le braccia della traduttrice di sua madre. Sì, amici. Del resto, anche la scrittrice scomparsa da giovane era un vero schianto, come testimoniano le foto pubblicate su globo.com.

Cosa faccia suo figlio su un traghetto per la Ilha Grande, invece di cercare la mamma in cima agli alberi della sua bella città, è ancora un mistero. Comunque noi gli auguriamo il meglio, amici. È un figlio che naviga in strane acque, una ragione più che sufficiente per innamorarsene.

Raquel aprì il giornale alla pagina del gossip e lesse l'articolo per l'ennesima volta. Era uscita presto per comprare qualche *pão de queijo* fresco, ma ora non aveva più appetito. Nella foto, la pioggia e il cielo basso e plumbeo sopra il ponte davano a Emma e Marcus l'aria di profughi di una guerra civile, sopravvissuti a una tempesta di passione.

Aveva scritto a suo fratello una decina di messaggi, pur sapendo che a quell'ora di certo non era ancora sveglio. Con tutta l'attenzione suscitata dalla scomparsa di Beatriz avrebbe dovuto pensare che sul traghetto poteva esserci un giornalista pronto a immortalarlo con il capo in grembo a Emma, sotto un titolo del tipo: *Ancora nessuna traccia dell'autrice sudafricana, mentre il figlio schiaccia un riposino sulla sua traduttrice.*

Aveva visto troppe ragazze fissare il viso di Marcus con occhi imbambolati per non sapere cosa sarebbe successo. Di lì a un paio di giorni, anziché l'isola, i due si sarebbero ritrovati a perlustrare le lenzuola dell'albergo in cerca delle mutandine di Emma. Di sua madre non avrebbero scoperto nulla, ma in compenso l'avevano lasciata lì da sola, in preda al panico, a spulciare gli assegni scoperti e le voragini sul conto corrente. Il debito era molto più alto di qualsiasi cifra avessero mai chiesto alle zie di São Paulo, e Raquel non trovava il coraggio di chiamarle.

Quel mattino, prima dell'arrivo del giornale, era entrata negli account di poker della madre. Non aveva fatto fatica a indovinare la password: Beatriz ricorreva sempre alla stessa combinazione di date di nascita. La somma di denaro che aveva scommesso e perso era sconcertante. La storia

41

andava avanti da un paio d'anni, e il nickname che utilizzava online era O Sapateiro, «il calzolaio», il mestiere intrapreso dal padre quando aveva finito i soldi che si era portato da Johannesburg. Raquel ricordava il nonno seduto nella sua bottega, a fissare con sguardo stranito gli strumenti di lavoro. In Sudafrica faceva l'avvocato, ma il suo portoghese era troppo scarso per esercitare la professione in Brasile.

E ora sua figlia si era cacciata in una situazione ancora più assurda. Passando in rassegna le perdite, Raquel avvertì una stretta allo stomaco. Avrebbe dovuto chiamare Thiago il giorno prima. Di sabato era impossibile, perché stava con la famiglia. Una volta la moglie lo aveva seguito fino alla PetroXM, convinta che loro due avessero una relazione, ma lui era troppo corretto, oppure temeva che prima o poi Raquel l'avrebbe spinto a lasciare la famiglia, e aveva ragione. L'avrebbe fatto.

Ora le sarebbe piaciuto che Thiago fosse lì, con una birra in mano, a sciorinare volgarità sul talento di sua madre a poker, battute così insolenti che Raquel sarebbe scoppiata a ridere suo malgrado. Perfino Thiago, superata la soglia del mezzo milione, avrebbe avuto il buonsenso di smettere. Invece Beatriz non si era fermata. Pungolata dal panico o pressata dalle minacce di Flamenguinho, aveva continuato a scommettere, come se quella storia non fosse stata diversa dalle altre partorite dalla sua immaginazione. Come una bambina ignara della differenza tra fantasia e realtà, la stessa che inventava racconti di fantasmi per il padre mentre lui risuolava le scarpe altrui.

Quel pensiero la riempì di risentimento e nostalgia. Aveva la sensazione di essere di nuovo seduta dentro la macchina bollente, ad aspettare il ritorno di sua madre. Un giorno l'attesa era stata dolorosamente lunga. Nell'abitacolo la temperatura era talmente alta da farle girare la testa, il sedile tanto rovente da scorticarle quasi la pelle. Sentiva gli occhi sempre più secchi, i pensieri confusi. Quando sua madre era arrivata farfugliando qualche scusa, sudata e sconvolta, Raquel aveva pensato che si fosse persa. Non le aveva dato spiegazioni, e lei aveva avuto paura di chiedergliene.

Marcus si alzò di scatto dalla sedia. «Era lei», disse. «Quella là era mia madre. Ne sono certo.»

Fuori dal ristorante, la pioggia scrosciava con il fragore di una brocca di vetro che va in mille pezzi. Marcus corse in strada comunque, ed Emma si sentì in dovere di seguirlo. Le prime due volte che aveva creduto di vedere Beatriz sull'isola, si trattava in realtà di turiste tedesche. Ora, appena dietro l'angolo, colsero di sorpresa una donnetta australiana con le lentiggini.

«Mi spiace», disse lui mentre tornavano dentro. Dalla fronte, le gocce di pioggia colavano loro negli occhi.

«Fa niente. È difficile distinguere qualcosa con questo acquazzone.» Emma prese un tovagliolo dal dispenser sul tavolo e si asciugò il viso. Un gesto inutile. Come tutti i tovaglioli dei ristoranti brasiliani a buon mercato, era fatto in gran parte di plastica. Sembrava di strofinarsi la faccia con un sacchetto della spazzatura. Lei non aveva più la forza di pedinare sconosciute sotto la pioggia. Se Beatriz era sull'isola, si trovava di certo sull'altro lato, nei pressi delle rovine del carcere, dove nessun barcaiolo li avrebbe portati finché il temporale non fosse finito. «Ho freddo», disse a Marcus. «Non hai voglia di metterti dei vestiti asciutti?»

«Non mi importa. Tu va' pure a cambiarti. Io continuo a cercare.»

Emma annuì, colpendo alla cieca le zanzare che stavano banchettando sulle sue caviglie. In camera sperò che le dessero tregua, ma ce n'erano anche lì: si infilavano a frotte attraverso i buchi della zanzariera e le fessure nel pavimento.

Per evitarle non restava che stendersi al riparo della lurida rete appesa intorno al letto. Intrappolata lì sotto a grattarsi, sfogliò i libri che si era portata da leggere, ma il prurito le impediva di concentrarsi.

Allora tirò fuori il quaderno. La scena del tribunale che le era balenata in testa nel bagno di Beatriz continuava a ripresentarsi. Ogni volta la sua mente aggiungeva un dettaglio, e le immagini non la abbandonavano finché non le metteva per iscritto. Si sentiva ridicola a prendere sul serio quella fantasia, ma in fondo cos'aveva da perdere? Si era già umiliata abbastanza con quel viaggio alla Ilha Grande. Aveva insistito così tanto da convincere Marcus che per trovare sua madre fossero sufficienti un paio di scorribande sotto la pioggia.

Raggomitolata sotto la zanzariera, Emma tolse il tappo alla penna. Nell'aula di tribunale, sopra la testa sfocata della traduttrice, c'era un buco. Per duemila anni, ogni volta che pioveva da qualche parte nel mondo, l'acqua le cadeva addosso. E se nevicava la giuria la accusava di nascondersi sotto la neve.

Emma stava per voltare pagina quando sentì il rumore di un paio di infradito in corridoio, appena fuori dalla camera. «Hai lasciato qui le scarpe da ginnastica», disse Marcus da dietro la porta.

«Lo so. Erano fradicie.»

«Be', adesso dentro ci sono due laghetti. E dei girini che nuotano. Posso appenderle ad asciugare.»

Emma aprì la porta, e Marcus le mostrò le scarpe da ginnastica, così impregnate d'acqua che penzolavano dalle sue mani come pantofole.

«Le mie le ho messe sulla mensola sopra il water», le disse, e lei si spostò un po' di lato per guardarlo attraversare la stanza con la sua grazia naturale. Nel bagno, Marcus sistemò le scarpe in verticale accanto alle proprie, legando i lacci fradici alle tende. «Vedi? Così non cadono nella tazza.» Si voltò e fece un cenno verso il letto.

Emma si allontanò di qualche passo. Ora le avrebbe chiesto di fare sesso. Così, con disinvoltura, come se le proponesse una partita a Ruzzle.

Invece lui si limitò a indicare il quaderno aperto sul letto. «Allora anche tu scrivi.»

«Oh, no, non scrivo.» Emma esitò un istante. «Stavo solo prendendo appunti.»

A: eneufeld@pitt.edu
Oggetto: Sana e salva?

Emma, per favore, rispondi. Mi spiace di aver dato in
escandescenze in macchina, ma non mi avevi neppure detto di
aver comprato il biglietto. Controllo di continuo la casella di
posta, e i gatti non fanno che miagolare davanti alla porta del
bagno. Sono convinti che tu sia rintanata lì dentro a leggere.

«Altri appunti?»

Il mattino dopo Marcus si materializzò alle sue spalle sulla terrazza dell'albergo. Indossava un paio di boxer arancioni con l'elastico così lasco da mettere in mostra il punto in cui i muscoli digradavano verso l'inguine.

«Oh, sì, altri noiosi appunti da traduttrice.» Emma chiuse di scatto il quaderno. Travolti dal vento notturno, dozzine di giaca si erano infranti al suolo e la loro polpa addolciva l'aria. Lei non sapeva se a farla starnutire fosse quel profumo o il cane spelacchiato e fradicio sdraiato in terrazza. «Non so quanti altri giorni di pioggia potrò sopportare», disse soffiandosi il naso per l'ennesima volta.

«Forse dovremmo andare comunque.» Marcus le mostrò la pagina di gossip dell'edizione di «O Globo» del giorno prima.

Lei riconobbe subito il traghetto e il corpo sinuoso del ragazzo sdraiato accanto a sé. Nello sguardo di Emma c'era qualcosa di indecifrabile.

Un osservatore frettoloso l'avrebbe bollato come desiderio: ciò che un uomo cercherà di reprimere fino a non poterne più. Era stata Beatriz a inventare quella definizione nelle ultime righe di un suo racconto, *Santiago Martins*.

Alla lettera, aveva scritto: «Ciò che un uomo cercherà di reprimere finché non cederà».

Però Emma aveva pensato che il verbo «potere» esprimesse meglio del futuro l'insolenza e il senso profondo della frase originale. Seduta alla sua scrivania di Pittsburgh, con l'inverno che si insinuava attraverso gli infissi e Miles

che russava nella stanza accanto, non aveva avuto dubbi. Il
desiderio di Santiago doveva essere categorico, un dato di
fatto.

Almeno in inglese.

Roberto Rocha fissò il vasetto di olive sulla sua scrivania: il secondo omaggio gastronomico comprato nel supermercato di fronte che riceveva in pochi giorni da parte dell'ennesimo autore di belle speranze, reduce dalla consegna di un romanzo che non poteva aver riletto più di una volta. Rocha gli aveva detto che, se avesse dedicato le sue energie a limare la prosa anziché a fantasticare sui film tratti dai suoi romanzi, forse negli ultimi sette anni la casa editrice non avrebbe sempre chiuso il conto economico in perdita.

Quelle conversazioni lo prostravano. Non voleva olive in scatola. Voleva un autore che gli presentasse un manoscritto così originale da fargli battere forte il cuore. Un autore capace di scrivere frasi così sublimi da provocargli il mal di testa, di evocare immagini così precise da far vibrare ogni atomo del suo corpo. Continuare a pubblicare libri in cui non credeva era una truffa. Un uomo più coraggioso avrebbe mollato da tempo.

«Mi scusi, Roberto?» Flavia fece capolino dalla porta, gli occhiali sulla punta del naso. «Hanno appena chiamato quelli della Editora Record. Chiedono se abbiamo in programma di ripubblicare i primi due libri di Beatriz Yagoda, perché altrimenti sarebbero interessati a comprare i diritti. Non riescono a mandare immediatamente in libreria gli ultimi romanzi.»

«Come mai hanno tanta fretta? Forse perché la poverina è scomparsa tra le fronde di un albero?»

«Poi c'è quella foto del figlio sul giornale.»

«È un adone, vero?»

Rocha era consapevole della straordinaria bellezza di Marcus, come lo era Beatriz, del resto, sebbene fosse troppo discreta per parlarne apertamente. Mostrava la stessa riservatezza quando si trattava dei suoi libri, senza tuttavia ostentare quell'aria di falsa modestia che era diventata tanto popolare tra gli scrittori della nuova generazione. In lei la modestia non era una posa ma un esito scontato, un sintomo di grazia.

«Di' a quelli della Record che non possono avere i diritti. Anzi, comunica loro che venerdì prossimo usciranno le nostre riedizioni.»

«Venerdì prossimo?» Flavia lo fissò sbigottita da dietro le lenti, ma Rocha non se ne accorse. Era troppo assorto nelle sue ipotesi sulla nuova copertina. Ci voleva qualcosa di patinato e vagamente ammiccante, forse l'immagine di un pezzo di argenteria. Una posata. In cambio di un extra, Eduardo avrebbe stampato la sera e nel fine settimana. Avrebbero preso in affitto dei camion per consegnare le prime copie a poche librerie selezionate e creare un piccolo caso. Già diversi anni prima Rocha aveva cullato l'idea di realizzare una nuova edizione dei libri di Beatriz, ma vi aveva rinunciato per timore di apparire disperato, troppo ansioso di ricordare al mondo quanto fosse stato importante un tempo. E poi l'ultimo romanzo di Beatriz era stato un fiasco. Non aveva più visibilità, almeno finché non era scomparsa.

«Chiama Eduardo e chiedigli un appuntamento», disse alla sua assistente. «Anzi, informalo semplicemente che oggi alle tre sarò nel suo ufficio. Dobbiamo essere tempestivi. Quando il Comando Vermelho sequestrerà il prossimo banchiere, i giornali passeranno ad altro.»

«C'è anche questa.» Flavia gli tese una piccola busta. «Mi aveva raccomandato di recapitarle subito tutta la corrispondenza personale.»

Le mani grassocce di Rocha l'aprirono con un'insolita ferocia. Ripiegato all'interno c'era il menu del servizio in camera di un hotel di Salvador de Bahia. A piè di pagina c'era una frase scritta a mano: *Se non puoi, lo capisco. S. Martins.*

«Eduardo alle tre, mi raccomando», ribadì Rocha. «Flavia, cara, ti andrebbe di prendere queste olive?»

Non fece caso se la ragazza gli avesse obbedito. Per qualche tempo Santiago Martins gli aveva tolto il sonno. Era così dolorosamente brasiliano: un travestito convinto di indossare abiti femminili al solo scopo di sfuggire alla polizia. Beatriz ne aveva scolpito i dettagli con un'impareggiabile accuratezza: il disappunto di Santiago ogni volta che i peli sulla schiena restavano impigliati nella zip, la disinvoltura con cui maneggiava il mestolo nel suo chiosco per servire ciotole di *moqueca* di gamberi a turisti attraenti, i gesti non meno femminili di quelli delle altre ambulanti sul lungomare, nei loro vestiti tradizionali inamidati.

Anni dopo, quando la polizia aveva ormai dimenticato i suoi reati, Santiago Martins era ancora là: di sera stirava il suo abito immacolato, di giorno chiacchierava con le altre donne mentre compravano olio di *dendê* e gamberetti essiccati, lamentandosi del caldo impietoso di mezzogiorno.

Poi una sera aveva comprato una camicia da notte per la madre e, nell'intimità della sua stanza, se l'era gettata sopra la testa. Aveva sentito la seta colargli come latte fresco lungo la schiena. «Il desiderio», aveva scritto Beatriz, «è ciò che un uomo cercherà di reprimere fino a non poterne più.» Rocha l'aveva convinta a cambiare la seconda parte in «finché non cederà». Gli pareva un'espressione più sottile, più sfumata. Lei alla fine aveva accettato la correzione, anche se non era d'accordo. Sapeva che Rocha, pur amando il libro, lo pubblicava con un certo disagio. All'epoca era l'unico editore brasiliano a non fare mistero della propria omosessualità.

Ricordando l'episodio, tirò fuori di tasca il portafoglio. Quante volte ti si presentava l'occasione di riparare alle insicurezze del passato? Avrebbe ripubblicato il libro con la scelta originale di Beatriz più velocemente della Record. Gli altri non avevano avuto lo stesso successo dei primi due. Con quella riedizione li avrebbe resi immortali. Sarebbero apparsi nelle vetrine di ogni Livraria Cultura di Rio e São Paulo.

Per prima cosa, però, doveva chiamare quell'albergo a Salvador e pagare la camera di S. Martins per almeno altre dieci notti. Poi avrebbe pensato alla nuova copertina e chiamato i giornali. Avrebbe ricordato al paese che era stata l'Editora Eco a lanciare due tra le opere di narrativa più significative degli ultimi trent'anni. Infine, con eleganza e dignità, avrebbe invitato gli ultimi amanti della letteratura di Rio a svuotare il suo ufficio di tutti i volumi. Tutto lì.

Si sarebbe messo il cappello e avrebbe spento la luce.

Quando Raquel si avviò agli ascensori, gli uffici ormai erano vuoti. Thiago era tornato a casa dalla famiglia ore prima. Quella mattina le aveva detto che avrebbero accettato il patteggiamento proposto dagli scioperanti della miniera di potassa. Lei era rimasta comunque. Al lavoro riusciva a dimenticare che la madre era scomparsa addirittura per cinque, sette minuti di fila.

La sera del lunedì cenava spesso insieme a lei in un ristorante a buffet nel quartiere in cui viveva Beatriz. Davanti a un piatto di *bolinhos* e asparagi marinati, Raquel si lamentava della stupidità dei media, sempre pronti ad amplificare l'ultimo incidente successo in miniera.

Alla fine chiedeva alla madre cosa avesse fatto quel giorno, e lei parlava delle piante di cachi in terrazza, sorrideva timidamente e mordeva la punta di un asparago.

Erano anni che sua madre le rifilava risposte evasive, eppure Raquel le considerava ancora l'espressione di una mancanza di fiducia. Per non arrabbiarsi, aveva imparato a evitare di rivolgerle domande sulla scrittura. I polli depongono uova. Le mucche e le capre producono latte. Ogni sei o sette anni sua madre partoriva un libro. Sebbene fosse una persona completamente inaffidabile, quell'intervallo di tempo restava costante. Era parte integrante della sua natura misteriosa, come le noci di cocco per le palme.

Pur non avendo mai letto i suoi romanzi, Raquel apprezzava quella regolarità. La considerava la dimostrazione del fatto che sua madre era una persona attiva e normale. Nonostante i toni cupi della sua prosa, Beatriz era una donna rassicurante. Gli amici scrittori andavano a trovarla spesso per adulare il suo lavoro, ma Raquel pensava che ad attrarli fosse l'attenzione con cui lei ascoltava le loro chiacchiere pretenziose. In quel momento, davanti alle porte girevoli della PetroXM, Raquel ebbe la certezza che a breve sua madre sarebbe tornata e avrebbe ripreso in mano la propria vita. Lo avrebbe fatto in silenzio, senza scuse né spiegazioni. Però sarebbe tornata.

Rassicurata da quei pensieri, prese un taxi per Copacabana. Non c'era ragione di saltare l'appuntamento settimanale con il ristorante e poi, chissà, forse l'avrebbe trovata seduta al solito tavolo. Quella fantasia la mise così di buonumore che abbassò il finestrino per sentire il vento sul viso. Il profumo dell'oceano ripuliva l'aria del quartiere fetido che Thiago definiva «il culo sudaticcio di Rio».

Vicino al ristorante scese dal taxi e pensò di mandargli un messaggio per aggiornarlo sullo sciopero. Stava digitando sulla tastiera quando un uomo la afferrò per il collo, spingendola giù dal marciapiede e dentro un androne. Le serrò il braccio intorno alla gola con tale violenza che Raquel non ebbe il tempo di strillare. Si ritrovò con il viso contro il muro e l'uomo premuto addosso, che le puntava una pistola alla schiena.

«Devi dire a tuo fratello e alla traduttrice di piantarla di scopare in giro e di trovare i soldi. Mi hai sentito?» le sussurrò il tipo all'orecchio.

Raquel provò a dire di sì, ma il braccio le comprimeva la giugulare.

«Ti ho chiesto se mi hai sentito», le ripeté.

Lei sentì scattare la lama di un coltello a serramanico e vide una mano puntarglielo al collo.

«Vedi di trovare i soldi, o uno di voi due è fottuto, *amiga*. Non ci mettiamo niente ad ammazzarvi. Ti sto facendo un favore. Hai capito?»

Raquel udì un rumore di passi e l'eco di una risata a pochi metri di distanza. Se avesse urlato l'avrebbero sentita, ma temeva che l'uomo, preso dal panico, le tagliasse la gola. E poi probabilmente nessuno sarebbe venuto a soccorrerla. Non in un vicolo squallido di Copacabana alle dieci di sera.

Poi, all'improvviso, così come l'aveva afferrata il tipo mollò la presa e scomparve. Per un lungo momento Raquel non si mosse. Serrò le braccia al petto, in attesa del peggio. Qualcuno aveva orinato da poco sulle assi di compensato all'ingresso, e aleggiava un odore nauseante. Non se n'era accorta fino a quel momento, ma non aveva il coraggio di muoversi. Forse il suo assalitore si era appostato nei pressi per vedere dove sarebbe andata o chi avrebbe chiamato. Le balenò in testa l'immagine di Beatriz trascinata in un androne come quello, lercio e puzzolente di piscio, immaginò gli istanti che sua madre aveva trascorso immobile, paralizzata dalla paura.

Alla fine si costrinse a uscire. Quando un uomo in bicicletta le sfilò accanto, strillò. Dalla collinetta di una favela vicina arrivò la scarica balbettante di un mitra. Per un secondo la cerniera di lampioni che si snodava lungo la favela brillò più intensamente. Poi si ripiegò dentro il buio.

Raquel si sentì osservata lungo il tragitto verso la casa di sua madre. La spia era una sagoma che si nascondeva dietro un autobus, o un tipo che fingeva di leggere i titoli dei giornali esposti nella nuova edicola. Era il giovane uomo strizzato in una canottiera azzurra che le veniva incontro, o quello più maturo con addosso un completo scadente, intento a strillare al cellulare.

Un isolato e nessuno l'aveva aggredita.

Poi un altro.

Presto avrebbe potuto chiudersi la porta alle spalle a doppia mandata e mangiare una tazza di latte e cereali seduta in cucina. Se nessuno l'avesse afferrata per il collo e non le fosse venuto un attacco di panico, avrebbe dormito nella sua vecchia cameretta. Aveva già oltrepassato il Belíssima Fashion e l'Unibanco. A ogni nuovo edificio diminuivano le probabilità che gli uomini in cui si imbatteva stessero aspettando di tagliarle la gola. Lanciò un'occhiata alle scarpe dal tacco a spillo rosso fuoco in svendita da Lulu's, poi alla vetrina successiva, quella di una libreria, dove il viso di sua madre era immortalato su un cartellone grande quanto un parabrezza, i penetranti occhi verdi delle dimensioni di due fanali.

Accanto alla foto c'era un'enorme riproduzione della prima di copertina del suo ultimo romanzo: un panino ripieno di omini in miniatura che si contorcevano come vermi della frutta. Raquel aveva sempre pensato che quell'immagine fosse inquietante, che avrebbe respinto i lettori. E aveva ragione: quello era stato il romanzo di Beatriz meno apprezzato in assoluto.

Nel negozio, una donna con un prendisole di Lycra ne stava afferrando una copia, e un uomo in fila aspettava di fare lo stesso. Mentre prendevano i libri, Raquel scorse di nuovo il viso di sua madre, più piccolo, sul retro della copertina e ricordò la sua visita di qualche settimana prima, il cerotto che aveva sul collo. Quanto tempo era passato? Le aveva detto che era solo un taglietto, che la pelle flaccida si era impigliata nella zip del vestito. Forse invece era stato il coltello di uno degli sgherri di Flamenguinho a ferirla. Forse le avevano dato un avvertimento. O magari si era trattato di un secondo avviso e il messaggio era: questa volta ti lascio il segno. D'ora in poi, anche se non ti ammazzo, sarai destinata a sanguinare.

Beatriz non era neppure sull'altro lato dell'isola. Emma lo capì non appena il traghetto attraccò nel porticciolo. C'era una quiete assoluta nell'unica strada circondata da edifici sghembi con il tetto di lamiera. Uno portava l'insegna di un ristorante, ma all'interno c'era un tavolo solo, sul quale erano appollaiate due galline. Del carcere non era rimasto che un labirinto di mura diroccate, in fondo a un sentiero pieno di erbacce. La cosa più simile all'orchestra di animali di Beatriz era un gruppo di pipistrelli dai lunghi canini appesi a testa in giù sotto un'arcata.

«Scusami», disse Emma fermandosi all'ombra di una guava per asciugarsi il viso. «Su internet non era specificato che tutti gli alberghi si trovano dall'altra parte dell'isola», aggiunse. «Mi spiace di averti trascinato fin qui e di averti fatto litigare con tua sorella.»

«Non mi ci hai trascinato tu.» Marcus scrollò le spalle. «Sapevo che era improbabile trovarla qui, ma qualsiasi posto in cui possa essersi cacciata è altrettanto improbabile, e Raquel lo sa. L'unico modo per trovarla è agire d'istinto.»

Marcus raccolse un frutto dall'albero di guava. Sbucciandolo, raccontò a Emma del periodo in cui sua madre aveva smesso di cucinare e di comprare cibo. All'epoca lui frequentava ancora il liceo. La cosa era andata avanti diverse settimane, e durante una spedizione al supermercato Raquel si era arrabbiata, lamentandosi ad alta voce della fragilità di Beatriz. Poi si era voltata verso Marcus e aveva proferito una sola parola: «tacchino». Lui era andato a prenderlo, credendo che la sorella volesse preparare il *vatapa* che gli cucinava la mamma. A casa avevano trovato Beatriz in cucina, impegnata a tritare arachidi, una tazza di latte di cocco già pronta sul bancone.

«Nessuno di noi le aveva detto del tacchino», concluse Marcus. «Tu mia madre la conosci. Con lei devi essere paziente ma anche seguire l'istinto, giusto?»

Emma stava per rispondere che era d'accordo quando all'improvviso Marcus si sfilò la maglietta intrisa di sudore. Lei cercò di distogliere lo sguardo. Ma quando lui se la passò sul petto e sulla schiena umidi, i suoi sforzi si dimostrarono vani. Anche lei aveva la canottiera bagnata. Perfino all'ombra il calore era così intenso che sembrava emanare dalla pietra delle rovine.

«Adesso ho capito perché lo chiamano il Calderone del Diavolo», disse.

«Be', mi sa tanto che gli hanno dato dei nomi peggiori.» Marcus rise e si chinò a guardare le date incise sopra un blocco di pietra. «Le avrà scritte un comunista. O magari un assassino.»

Alla parola «assassino» si zittirono entrambi. Nella mente di Emma riaffiorò l'immagine della pistola nella tasca della giacca di Flamenguinho, e Marcus sembrò capirlo. Aveva sprecato due giorni su un'idea balzana che in aereo l'aveva fatta sentire intelligente.

All'altezza del ristorante deserto, Marcus disse che aveva troppa fame e che non poteva aspettare di arrivare all'altro capo dell'isola. Imbarazzata per quel viaggio a vuoto, lei non osò protestare. Le galline chiocciavano sotto il tavolo. Dietro il registratore di cassa era adagiato un enorme maiale bianco.

Emma stava per dire che doveva essere il giorno di chiusura, che in fin dei conti gli sarebbe toccato pazientare, quando una bimba spuntò dalla cucina facendo dondolare per i capelli una bambola di plastica. Marcus le chiese se potevano pranzare.

La ragazzina rispose che sua madre stava preparando uno stufato di pesce, e Marcus, entusiasta, ne ordinò due porzioni. Considerato il livello di igiene del posto, Emma stava per ribattere che ne bastava una, ma in quell'istante la bambina si girò bruscamente e scomparve di nuovo. Marcus, sempre a torso nudo, andò ad avvisare il conducente del traghetto di aspettarli un altro po'. Rimasta sola al tavolo malfermo, Emma si sforzò di ignorare la fame che l'aveva assalita. Quando una gallina le beccò un sandalo, la scacciò con il piede e subito dopo se ne vergognò.

Rimpianse di non avere con sé qualche pagina su cui posare lo sguardo, anche solo una vecchia rivista presa in albergo. A parte l'acqua e la crema solare, in borsa aveva soltanto il quaderno. Così lo aprì.

In: preposizione che si utilizza per indicare inclusione in uno spazio fisico o all'interno di un concetto astratto o figurato. Per esempio, «essere in ansia», oppure «ritrovarsi in una fantasia in cui sei seduta tra un maiale addormentato e due galline, una delle quali ha appena defecato sul pavimento».

La *moqueca* di pesce. Emma la sentì risalire in gola non appena il traghetto si staccò dal porto. In un solo conato, tenendosi alla ringhiera, restituì il pesce al mare.

«Ah, Emma!» Marcus le afferrò il braccio per impedirle di scivolare. «Devi bere un po' d'acqua. Vieni.» Provò ad accompagnarla allo snack bar in cima alle scale, ma lei aveva troppa nausea per fare i gradini.

«Ti aspetto qui», gli disse lasciandosi cadere sopra una pila di gommoni di salvataggio. Nel viaggio di andata non aveva notato quanto il traghetto oscillasse sotto i loro piedi, ma ora percepiva ogni piccolo su e giù. In preda al malessere, ammise di non poter dare alcun contributo alle ricerche della sua autrice. Per non coprirsi di ridicolo doveva prenotare un volo di ritorno l'indomani stesso. Avrebbe chiamato Miles per scusarsi di non aver risposto alle sue e-mail. Vivevano insieme da abbastanza tempo da sapere quale fosse la tazza in cui l'altro preferiva bere il tè o il caffè. Non aveva senso rifiutarsi di andare a parlare con la società di catering insieme a lui o di fissare una data per il matrimonio.

Sdraiata sui gommoni a occhi chiusi, ne era ormai quasi convinta. Doveva essere grata a Miles per la sua solidità. Sarebbero diventati campioni di riciclo e di maratona.

Poi Marcus tornò e si chinò sopra di lei con una bottiglia ancora bagnata dal ghiaccio in cui era stata immersa. Le chiese se preferisse restare sola in modo da poter riposare un altro po', ed Emma sapeva che la risposta giusta era sì. Ma il polso di lui era a pochi centimetri, e d'un tratto le sue dita gli stavano sfiorando il braccio. Baciare il figlio della sua autrice una sola volta, stesa su una pila di gommoni di salvataggio, non doveva significare per forza qualcosa.

A meno che non lo facesse ancora.

E poi di nuovo nell'ultima fila di sedili sull'autobus per Rio.

E sul taxi preso alla stazione dei pullman, nella breve oscurità della galleria per Copacabana.

«Questa storia deve finire», disse lei.

Per tutta risposta, Marcus lasciò la mano lì dov'era, tra le gambe di lei.

Tra: preposizione. **1.** Viene comunemente usata nell'espressione «tra loro due», ma anche per designare uno scarto, una scelta «tra un'autrice e suo figlio». **2.** Può indicare una distanza: «Tra una breve galleria a Rio e la lontana Pittsburgh dove i tuoi gatti ti aspettano».

Alle quattro di mattina Raquel smise di leggere. Aveva terminato le duecento pagine di quello che era, o non era, il romanzo a cui sua madre stava lavorando quando aveva inscenato la propria scomparsa sulla cima di un albero. Prima di allora si era limitata a entrare negli account di poker sul computer di Beatriz. Non aveva osato aprire i documenti di Word finché un uomo non l'aveva presa per il collo e trascinata in un androne. Era così stanca che doveva rileggere le frasi tre volte, ma sapeva che non sarebbe riuscita a dormire se non fosse arrivata fino in fondo. La storia era ambientata negli anni Settanta, e nel romanzo si alternavano a ripetizione due scene, seguite da lunghe stringhe sconnesse di numeri e lettere, come se sua madre avesse perso il controllo delle mani: 3r#T)_4tg09NGJOP!@#)%$*PGM:-t gtkltpjhhjIasd920-4tiu34-tu3y5 -2y-u9jgdfpgj, e via dicendo.

Era il lavoro di una persona sconvolta, troppo sbigottita da sé stessa per digitare qualcosa di sensato. La protagonista era una donna che si era laureata in un'università di Rio all'inizio degli anni Settanta, proprio come la stessa Beatriz. La prima scena era ambientata al Cine Paissandu, il cinema d'essai in cui tutti gli artistoidi si ritrovavano per lamentarsi durante la dittatura. In ogni versione della scena si verificava un inconveniente con la proiezione: a volte si rompeva la bobina, altre l'audio andava fuori sincrono. Mentre la platea aspettava che il film riprendesse, la donna usciva nel vicolo dietro al cinema per fumare una sigaretta. Dopo un po' gli altri rientravano, ma lei era troppo inquieta per seguirli. Si sedeva sui gradini e accendeva un'altra sigaretta, credendo di essere sola.

Ma si sbagliava. A poca distanza si materializzava un'ombra che si avvicinava sempre più... e a quel punto la narrazione si interrompeva. Dopo una pagina vuota, la scena ricominciava con la stessa donna nello stesso vicolo. A volte per arrivare all'ombra Beatriz impiegava sette pagine, altre un solo paragrafo, ma in ogni caso, quando la sagoma era a un passo dalla donna, le parole si esaurivano.

La scena si apriva sempre allo stesso modo, solo che talvolta la donna indossava un abito azzurro di lino anziché uno di cotone. O magari una gonna. Oppure teneva la sigaretta con la mano sinistra invece che con la destra. Era come se il vestito giusto o una diversa collocazione della sigaretta avessero il potere di cambiare gli eventi successivi.

In ogni caso, l'ombra si avvicinava inesorabilmente e le descrizioni degli abiti erano di una precisione dolorosa: dai bottoni quadrati della camicia al nome della cameriera che l'aveva stirata quella mattina. Alla fine l'ombra balzava addosso alla protagonista, le premeva una mano sulla bocca, e il racconto si interrompeva.

Nella pagina successiva c'era un'altra versione della scena, oppure una completamente diversa, ambientata a Salvador de Bahia, in cui quella che pareva la stessa donna, ora sposata, era in vacanza con il marito e una bambina. I tre erano seduti al tavolo di un ristorante affollato in riva all'oceano. L'uomo batteva il pugno sul tavolo e diceva alla moglie di piantarla di guardare fuori. La prendeva in giro per aver scelto un ristorante che serviva porzioni scarse e offriva un servizio da schifo: il genere di commenti che il padre di Raquel amava fare al ristorante.

Il padre vero o presunto. Soprattutto dopo la sua morte, la gente osservava spesso quanto poco lei gli somigliasse. Naturalmente dicevano lo stesso a proposito di sua madre. «Da chi hai preso?» chiedevano gli amici dei suoi genitori vedendola accanto a Beatriz e a Marcus. Aveva sempre trovato strano che sua madre si fosse sposata poco dopo aver conosciuto il futuro marito, scegliendo di prendere il suo cognome. Forse voleva dissipare ogni dubbio sulla paternità della primogenita.

O magari quella storia interrotta era frutto di pura finzione e solo i dettagli recavano una vaga impronta della loro famiglia. Per quanto ne sapeva Raquel, a sua madre capitava spesso di arenarsi durante la prima stesura, in attesa di capire che strada prendere. Nella scena del ristorante, proprio quando i due sembravano sul punto di litigare, la donna si lanciava in una descrizione surreale del pesce che aveva davanti, in grado di strizzarle l'occhietto acquoso, o dell'uomo seduto al tavolo accanto, che leggeva un quotidiano ingiallito di settantatré anni prima. A volte, nel bel mezzo della descrizione, Beatriz appuntava un «verifica», come se la data del quotidiano o il tipo di pesce che ammiccava dal piatto fosse di importanza cruciale.

Raquel si sfregò le tempie. Aveva sempre saputo che leggere i romanzi di sua madre sarebbe stata un'esperienza devastante, o alienante, o entrambe le cose. Aveva bisogno di sdraiarsi e fare una pausa. Più andava avanti, più le frasi degeneravano in sequenze sconnesse di lettere: due parole e poi AOGFH$#T)IGR; una descrizione delle scarpe del cameriere e poi ^OIEWQJGFLDGASDFJHEWR#$TIGJG)GJ GTJBHT)TH)L:O))#$*()U_)ORGNGWE@#R*, e così via, fino a riempire lo spazio restante della pagina.

Raquel si chiese se qualche amico di Beatriz conoscesse la storia dell'uomo e del vicolo. Forse nessuno ne aveva mai sentito parlare, o forse lei, durante una crisi, si era confidata con uno dei suoi conoscenti inaffidabili, e quello aveva spifferato tutto ad altri. Era possibile che lo sdegno verso la sua indifferenza per la letteratura fosse invece una sorta di imbarazzo per ciò che loro sapevano e lei ignorava. Magari era compassione, un sentimento che glieli rendeva ancora più odiosi.

Quelle frasi interrotte non erano un libro destinato ai lettori. O almeno non ancora. Se la scena del vicolo era vera, apparteneva a lei e a sua madre in ugual misura. E a nessun altro.

Rocha tirò fuori la padella migliore che aveva e una bottiglia del suo Carménère cileno preferito, un impareggiabile Veramonte, in fresco dalla sera prima. In soggiorno, Alessandro aveva messo sul grammofono un'aria di Salieri, *Prima la musica e poi le parole*, allungandosi sul divano con il giornale.

«*Ave Maria*», esclamò d'un tratto. «Hai visto questa roba? Mostrò a Rocha la pagina del gossip, dove c'era un'altra foto del figlio di Beatriz e della traduttrice americana su un traghetto proveniente dalla Ilha Grande; solo che questa volta la ragazza stava vomitando oltre il parapetto di metallo.

«*Ai, que vulgar.*» Rocha prese in mano la pagina per esaminarla più attentamente. Era il terzo quotidiano in una settimana che parlava di Beatriz. Aveva sempre pensato che per la reputazione di uno scrittore non ci fosse nulla di meglio che morire. Ora però doveva ricredersi. Esisteva qualcosa di ancora più efficace della morte: una scomparsa rocambolesca.

D'un tratto gli venne un'idea.

Dentro l'ascensore, l'idea era stata di fare sesso una volta sola prima di avvisare Raquel che erano tornati a Rio. «Una volta e basta», aveva detto Emma, «magari due, giusto per toglierci la voglia. Poi potremo concentrarci sulle ricerche senza nessuna distrazione.» Soltanto una volta, lì nell'appartamento bollente di Beatriz.

Peccato che l'appartamento non fosse affatto bollente. Faceva fresco, e l'aria condizionata ronzava in ogni stanza, anche se Emma era sicura di averla spenta prima di partire.

«Dev'essere passata Raquel», disse Marcus. «L'ha accesa e se n'è dimenticata. Vieni qui.» L'afferrò per i fianchi costringendola ad avvicinarsi.

Se non si fossero trovati davanti alla libreria della sua autrice, piena dei titoli di cui per anni aveva sfiorato le pagine come rotoli sacri, probabilmente Emma avrebbe dimostrato più pudore. Non si sarebbe alzata il vestito sopra la testa in modo così sfacciato.

Quando Marcus le fece scivolare fino alle ginocchia le mutandine a pois, lei mormorò qualcosa a proposito della necessità di rifletterci un altro po'. Ma non voleva pensare. Voleva far cadere le mutandine sul pavimento con l'alluce.

Lo fece, e il gesto fu divino.

Ora non c'era più nessun ostacolo.

Sul balcone, Raquel aveva quasi finito la terza tazza di cereali. Il frigorifero di sua madre era semivuoto, e comunque non riusciva a immaginare nulla di più gratificante che ingozzarsi di fiocchi d'avena glassati di zucchero.

Fu così, con in mano una tazza in cui i cereali fluttuavano nel latte, che rientrò nell'appartamento e udì gli ansiti. Dal corridoio le giunse una serie di colpi sempre più rapidi, e i sospiri si fecero più ravvicinati. Raquel afferrò il cucchiaio e si precipitò in soggiorno. Il latte tracimò oltre il bordo.

«*Meu Deus, Marcus!*» Riuscì a strillare e a sospirare contemporaneamente. Qualcuno le aveva appena puntato un coltello alla gola. C'erano buone probabilità che anche suo padre fosse un malintenzionato con l'abitudine di appostarsi nei vicoli bui. E ora suo fratello si scopava la traduttrice della loro madre, facendo piovere a terra i suoi amati libri.

«Ci ammazzeranno tutti, razza di idioti. Lo capite o no?»

Sbalordito, Marcus si staccò da Emma e si girò. Raquel si ritrovò così a fissare l'erezione del fratello, accentuata da un profilattico dello stesso rosa acceso di una gomma da masticare.

«*Caralho, Marcus*», aggiunse, «rimetti il *pau* nei pantaloni.» Accanto a lui, Emma cercava di infilarsi il vestito con gesti tanto frenetici da urtare una serie di grossi volumi posati sullo scaffale alle sue spalle. Mentre questi piombavano a terra, una busta scivolò fuori e fluttuò nel corridoio, scomparendo sotto una libreria. In un altro momento, Raquel l'avrebbe liquidata come una delle cianfrusaglie di Beatriz, lasciandola dov'era.

Ma ormai ogni cosa le sembrava pregna di significato e capace di accorciare o allungare la distanza tra lei e la madre.

«Sposta quella libreria, Marcus. Sbrigati», ordinò. «Cosa stai aspettando?»

Nudo com'era nato ventinove anni prima all'Hospital Geral de Bonsucesso, Marcus provò a strattonare il mobile, ma i libri erano troppo numerosi e pesanti.

Emma si mise in ginocchio e cominciò a tirare giù dagli scaffali manciate di volumi. Raquel non si era mai sentita meno incline a stringere alleanza con la traduttrice di sua madre, però si fece forza e iniziò a estrarre in fretta i libri, spingendo ostentatamente via le pile rimosse da Emma.

Quando alla fine riuscirono a spostare la libreria, Raquel si premurò di essere la prima a leggere la lettera. Il timbro recava la data di un anno prima. La busta era stata imbucata a Rio. Non immaginava chi potesse prendersi la briga di fare una cosa simile finché non estrasse il cartoncino all'interno. Ovvio. Il mittente era quello snob del primo editore di Beatriz, Roberto, che le esponeva meticolosamente il programma e il menu di una cena in piedi.

«Non è niente», disse Raquel. «Soltanto la stupida cartolina di un amico riguardo a una festa.» La gettò nel cestino di latta accanto alla tivù. Sapeva che Emma avrebbe cercato di recuperarla, ma non avrebbe osato frugare nella spazzatura fin tanto che lei era lì. Le sue mutandine a pois erano ancora appese al manico di un ombrello all'ingresso. Raquel incrociò le braccia e si mise a contemplare le piante di cachi in terrazza. Non poteva costringere Emma ad andarsene. Però poteva costringerla ad aspettare.

A: eneufeld@pitt.edu
Oggetto: Re: Sana e salva?

Emma, scomparire così è una vera follia. I tuoi genitori dicono
che non hai chiamato nemmeno loro. Julia, del tuo
dipartimento, ti ha lasciato un sacco di messaggi sulla segreteria
telefonica: devi dare conferma il prima possibile della tua
disponibilità per il semestre primaverile. Mi spiace di essermi
arrabbiato mentre ti accompagnavo in aeroporto, ma questo
silenzio è davvero crudele. Bastano due righe. Sono sicuro che
la famiglia di Beatriz è contenta del tuo arrivo e che stai dando a
tutti una mano enorme. Dimmi soltanto dove sei.

Chiusa nella stanza degli ospiti, Emma si godeva in silenzio la propria scoperta. Era stato straziante aspettare che Raquel se ne andasse, ma ne era valsa la pena. La cartolina di Rocha l'aveva riempita di una tale esaltazione che aveva smesso di origliare la conversazione tra Raquel e Marcus in cucina. Era troppo difficile sforzarsi di decifrare le parole a quella distanza. Aveva capito soltanto che lei voleva partire l'indomani e che il fratello si offriva di accompagnarla, ma Raquel continuava a dirgli di no. Con tutte quelle fotografie sui giornali, ormai era fregato. Nessuno dei due aveva accennato alla presenza di Emma nelle foto, un fatto confortante ma anche avvilente e un po' offensivo: un conflitto di emozioni che un traduttore conosce bene. Emma lo trovava quasi affascinante e ci si crogiolava volentieri, avvolgendoselo intorno come un filo sul rocchetto.

A un certo punto Marcus ribadì che, se intendevano sfruttare le piste offerte dai libri di Beatriz, dovevano ammettere che Emma ne sapeva molto più di loro.

O forse era soltanto quello che voleva sentire.

In ogni caso aveva la vittoria in pugno, racchiusa nella squisita grafia di Roberto Rocha. Non aveva idea che Beatriz, dopo essere passata a un'importante casa editrice portoghese, fosse rimasta in contatto con il suo primo editore. Nel biglietto lui snocciolava pettegolezzi e dettagliate descrizioni di *entreés*. Però, verso la fine, dopo la puntuale disamina di una salsa al limone per i kebab di pollo, scriveva: «Tutto ciò per dire che a cena la prossima settimana ci sarà il pollo. Quanto alla tua telefonata, sono sempre qui per servirti come il tuo Gonzaga».

Nella letteratura brasiliana Emma conosceva un solo Gonzaga. Per averne conferma uscì dal programma di posta elettronica, prendendo le distanze da Miles e dalle urgenti richieste di Julia per il semestre primaverile. Dal torbido mare di dati di Google affiorò subito l'informazione che cercava: ventisei risultati per Antonio Gonzaga, l'erede più giovane dell'omonimo impero minerario nello stato del Minas Gerais, mecenate di diversi esponenti del modernismo brasiliano e della pittrice cubista Vera Coutinho.

Con il cuore in tumulto, digitò «Roberto Rocha». Prima di trovare il sito della casa editrice scorse pagine dedicate alle imprese di vari, stravaganti Rocha: una ragazza che aveva acquistato un abito nuziale italiano da cinquantamila dollari; un tizio che viaggiava soltanto in elicottero e organizzava party sfrenati sul suo yacht a tre piani. In confronto a quella pittoresca galleria, il sito della Editora Eco sembrava antiquato, perfino preistorico: nient'altro che una lista di titoli. Nessuna foto degli autori, né link né strilli promozionali. L'unica immagine era la facciata elegante di un palazzo coloniale in rua Francisco Sá, la sede della casa editrice. Una fotografia che lasciava intendere: "Non ci abbassiamo alla volgarità di internet. Guardate un po' dove stiamo".

Se in passato Beatriz aveva già chiesto a Rocha di essere il suo Gonzaga, probabilmente si era rivolta a lui anche stavolta. Raquel aveva detto che tutti i suoi conti erano in rosso, e i soldi che aveva messo in valigia dovevano essere ormai agli sgoccioli. A meno che non avesse già chiesto aiuto al suo Gonzaga.

Emma si alzò dal letto per condividere la scoperta con Marcus e Raquel, poi si fermò sulla soglia. Era meglio parlarne solo a Marcus. Oppure stare zitta e sbrigarsela da sola: se aveva preso un altro abbaglio, non voleva rivivere l'umiliazione della sconfitta. Avrebbe fatto credere di voler tornare a casa l'indomani, un proposito che non poteva rispettare. Non dopo aver trovato la cartolina di Rocha. Per un secondo ripensò a Shadyside, alla sua camera da letto piena di spifferi, a Miles che digrignava i denti nel sonno, al radiatore nel seminterrato che tuonava come se all'interno un prigioniero sbattesse un set di pentole contro le pareti. No, non poteva rientrare. Non ancora.

Si sedette su uno dei letti gemelli della camera degli ospiti e aprì il quaderno a una pagina bianca. CAPITOLO DUE: JACKPOT.

Jackpot: americanismo, di origine incerta. **1.** Nel gioco d'azzardo, la posta che si accumula nel corso di puntate successive, in caso nessuno vinca. **2.** Colpo di fortuna che induce una persona a riconsiderare la propria disponibilità a rischiare: «Nonostante i passi falsi, fedele allo spirito della madrepatria, la traduttrice americana è decisa a mettersi in gioco per dimostrare che anche lei può vincere il jackpot». *Si veda anche*: tenacia. **3.** Termine usato per giustificare il proposito di rischiare grosso in vista di un obiettivo difficile. *Si veda anche*: riscatto.

L'Editora Eco era una discarica di manoscritti. Emma non aveva mai visto tante pile di carta vecchia e ingiallita riunite in un unico posto. Forse Rocha stava tentando di scoraggiare gli aspiranti scrittori. In cima a una di quelle pile, qualcuno aveva lasciato un vasetto di olive dall'aria triste.

«Posso aiutarla?» chiese la segretaria da dietro una colonna di libri e manoscritti che si innalzava accanto alla sua scrivania.

«*Bom dia*», disse Emma. «Roberto Rocha è nel suo ufficio?»

«È appena partito per Salvador. Per cosa lo cerca?»

«Ero venuta a chiedergli...» Notando il libro accanto al telefono, Emma si interruppe. «È un romanzo di Beatriz Yagoda?»

«Sì, stiamo preparando una riedizione di *Sai che gusto hanno le farfalle*. Non è stupenda?»

La ragazza tese il libro a Emma. La nuova copertina era patinata e minimalista, con l'immagine di una forchetta d'argento e di un bel cucchiaio coordinato. Sembrava il dettaglio di una cucina di design su «Architectural Digest» e non avrebbe potuto essere più lontana dal lussureggiante groviglio di piante della copertina degli anni Settanta. Nei due anni trascorsi a tradurre il romanzo, Emma aveva imparato a conoscere quelle piante come i pori del proprio naso.

«Ora che è scomparsa tutti fanno a gara per ripubblicare i suoi libri», continuò la segretaria. Poi inclinò il capo come se avesse udito un rumore sospetto proveniente da sotto il pavimento. «Era lei nelle fotografie sul traghetto insieme a suo figlio. È la traduttrice americana.»

«Quelle foto erano molto ingannevoli, te lo assicuro», ribatté Emma. Ma il *te juro* che le era uscito di bocca assomigliava più a *joelho*, la parola portoghese che significa «coltello».

Stavano tutte appassendo in terrazza, le amate piante di cachi di sua madre. Raquel aveva provato a bagnarle di più, poi di meno, ma non c'era stato nulla da fare. Che li nutrisse o li affamasse, i quattro frutti arancioni che Beatriz aveva fatto maturare erano ormai sbiaditi in un marrone malsano.

Aveva strappato a Marcus la promessa che se ne sarebbe preso cura dopo la sua partenza per Salvador. Se avessero rinunciato così in fretta a occuparsi delle piante di Beatriz, cosa sarebbe successo poi? E se lei fosse tornata all'improvviso e le avesse trovate morte?

«Devi pisciarci sopra», le aveva consigliato Thiago il giorno prima. Suo nonno guariva gli alberi malati con l'urina delle donne, ricca di un particolare ormone, specie al mattino. «Devi fermarti lì a dormire e far pipì sulle piante appena ti svegli», aveva detto. Il consiglio si era rivelato utile: Raquel non si era ancora accovacciata sulle piante di cachi, ma aveva capito di non essere così determinata a salvarle.

Almeno prima di andarsene aveva risolto il problema di Emma. Sarebbe tornata a Pittsburgh, finalmente, perciò si era ben guardata dal rivelarle che anche lei stava per prendere un aereo. Non voleva rischiare di ritrovarsela fra i piedi. La sua pista era diversa da quella della traduttrice. Sua madre aveva scritto di Salvador poco prima di scomparire, in un romanzo rimasto incompiuto. Perfino Thiago l'aveva sollecitata a partire. «È un pessimo momento per prendersi una pausa dal lavoro, ma devi andare a cercare la tua vecchia. Dille di tornare al suo albero. A casa sua.»

Con la benedizione di Thiago si sentì serena finché non

arrivò in aeroporto. Davanti al terminal, cominciò a sentirsi osservata. O forse era solo un attacco di paranoia. Per calmarsi mangiò due *salgados* al prosciutto e formaggio che le gonfiarono lo stomaco e le fecero venire una gran sete. Sul giornale di giovedì c'era la fotografia di tre donne uccise, impilate come petti di pollo dentro il carrello di un supermercato, gli arti mutilati in modo così brutale che non si capiva dove finisse un corpo e dove cominciasse l'altro. Era possibilissimo che uno degli uomini di Flamenguinho fosse lì nei paraggi e che la seguisse fino a Salvador per poi tagliare la gola a lei e a sua madre.

Al telegiornale avrebbero detto soltanto che era la figlia di Beatriz Yagoda. Avrebbero mostrato l'immagine del suo faccione tondo e anonimo un paio di secondi prima di mandare in onda la foto di sua madre, con gli occhi verdi e gli zigomi alti, sul palco del Prêmio Jabuti a ventinove anni. Tutto lì, fine dei giochi. Thiago sarebbe tornato a casa dalla famiglia e avrebbe assunto una ragazza più giovane per rimpiazzarla.

Raquel si prese la testa fra le mani chiedendosi cosa fare. Forse doveva tornare a casa e basta. E poi? Si era già presa dei giorni liberi dal lavoro e aveva speso quattrocento *reais* per il biglietto. Era troppo tardi per recuperare la caparra dell'albergo. Facendo il bilancio tra i soldi spesi e il panico che l'aveva assalita, si mise in fila per imbarcarsi. Davanti a lei c'era un uomo alto e calvo, con una cicatrice in rilievo sul collo. Una cicatrice da coltello.

O magari se l'era procurata cadendo da cavallo. Oppure in seguito a un incidente stradale. Si passò una mano sul viso sudato. Aveva la bocca così secca che riusciva a stento a deglutire. Doveva trovare un modo per calmare l'angoscia. Al lavoro negoziava tutto il giorno con i leader sindacali. Le urlavano contro, dicevano che avrebbero convinto ogni minatore brasiliano a boicottare la PetroXM. Lei non abbassava mai lo sguardo. Non si sarebbe lasciata spaventare proprio ora. Doveva semplicemente concentrarsi sulle file di sedili, una alla volta, sulla bimbetta paffuta che aveva fatto capolino per un attimo da dietro uno schienale. Fissò quel punto, tentando di evocare con la forza del pensiero il visino tondo. Ma, quando si avvicinò alla fila, non vide nessuna bambina. C'era solo una signora di mezza età che si mordicchiava le pellicine e leggeva *Sai che gusto hanno le farfalle* di Beatriz Yagoda.

Sai che gusto hanno le farfalle, uno dei primi romanzi della scrittrice Beatriz Yagoda, è entrato insieme a tutti gli altri nella classifica dei bestseller di questa settimana. E poi c'è un'altra notizia incredibile per tutti voi fans della Yagoda! Qui a Radio Globo è giunta voce che un altro scrittore ha cercato rifugio in cima agli alberi di Rio. Prima di scomparire dalla circolazione, un giovane autore di nome Vicente Tourinho è stato avvistato sul ramo di un baniano nel delizioso Jardim de Alá.

Cosa sta accadendo ai nostri scrittori, Brasile? Cosa li spinge a vagare nei parchi della capitale e a inerpicarsi sugli alberi?

Al ritiro bagagli, Emma si nascose dietro un pilastro. In passato la vista della sua valigia verde in mezzo alla scura processione di quelle altrui le aveva sempre dato un piccolo brivido di piacere. Ma fino ad allora non le era mai capitato di doversi nascondere da qualcuno atterrato con il suo stesso volo.

Con un po' di fortuna il bagaglio di Raquel sarebbe spuntato per primo.

E invece no, ecco la sua valigia verde che si materializzava dietro le stringhe di gomma e scivolava sul nastro in direzione di Raquel, che la fissava come se si fosse appena scoperta un grosso pelo nero sul mento.

Quando si fece avanti e la sollevò, Emma capì di non avere altra scelta. Con riluttanza uscì da dietro il pilastro. Prima di andarsene aveva detto a Marcus dov'era diretta pregandolo di non raccontare nulla alla sorella, almeno finché non avesse raccolto qualche informazione concreta. Di notte aveva sistemato i bagagli davanti alla porta per dimostrare che sarebbe partita. E in effetti lo aveva fatto. Mentre sulla destinazione era stato solo un espediente per non irritare ancora di più Raquel. Traduttore, traditore: un frusto, abusato cliché.

Se soltanto fosse nata a Babilonia, dove i traduttori veniva celebrati come i demiurghi di un nuovo linguaggio, o magari durante il Rinascimento, quando per un breve periodo la traduzione era stata considerata un'arte non meno visionaria della scrittura, allora sì che si sarebbe sentita a casa. Durante il Rinascimento nessun traduttore era costretto a giustificare l'ostinazione a divulgare l'opera di qualche grande e misconosciuto autore del proprio tempo.

Nei secondi che impiegò a raggiungere Raquel sembrò passare un secolo intero. «Senti», disse fermandosi davanti a lei. «Non è come sembra. Penserai che ti abbia seguito fin qui, ma la verità è che...»

«Avevi giurato che ci avresti lasciato in pace. Avevi detto che saresti tornata a Pittsburgh.» A ogni parola, la voce di Raquel si faceva più stridula.

«Non mi fermerò a lungo. Lo giuro. Devo solo trovare Rocha e...»

«Rocha? Che ci fa qui Rocha?»

«È arrivato ieri. Non è per lui che sei venuta?»

«Non sono obbligata a dirti perché sono venuta.»

«No, certo che no.» Emma afferrò il manico della sua valigia verde, ma Raquel bloccò le ruote con il piede.

«Dove alloggia Rocha?»

«Non so», rispose Emma. «Appena lo scopro ti chiamo.»

«Oh, certo. Come no.» Raquel incrociò le braccia sul petto. «E cosa farai per mia madre dopo averla trovata? Salderai il suo debito? La proteggerai dallo strozzino che avevi scambiato per il suo amichetto del cuore?»

«Io... Be', pensavo che forse...»

«Non hai la più pallida idea di cosa fare», sbuffò Raquel. «Ammettilo, e poi ficcati in testa che ti ammazzeranno, così come ammazzeranno me e Marcus. Non gliene frega niente se sei americana.»

«Me ne rendo conto», replicò Emma, anche se in realtà ne era consapevole come avrebbe potuto esserlo del lontano rombo di un tuono in una giornata radiosa, inquietante ma troppo flebile per indurti a rifugiarti in casa. «Se hai bisogno di contattarmi per qualsiasi cosa», aggiunse, «tuo fratello ha i recapiti del mio albergo.»

Poi trascinò la valigia verde brillante verso l'uscita e il sole allo zenit che la attendeva fuori. «A mezzogiorno», aveva scritto Beatriz nel suo primo romanzo, «il caldo del Brasile è come la bocca di un animale. Per saziarsi ingoierebbe qualsiasi cosa.»

A: eneufeld@pitt.edu
Oggetto: Re: Re: Sana e salva?

Emma, questa storia deve finire. Sei ancora arrabbiata per quello che ha detto mia madre? È vero, avrei dovuto difenderti, ma pensavo che fosse meglio per tutti lasciar perdere e cambiare argomento. Mia madre ha avuto il primo figlio a vent'anni. Non può capire. Non le permetterò più di mettere bocca nei preparativi del matrimonio. Lo giuro. Anzi, non dobbiamo nemmeno sposarci. Possiamo fare una fuga d'amore, aspettare ancora e via dicendo. Chiamami, Emma. Quelle persone in Brasile non sono la tua vita.

Emma controllò per la seconda volta il chiavistello della porta. Nel bagno il soffione della doccia era allentato, un dettaglio che aveva amplificato la sua ansia per le condizioni della porta. Presa dal panico, aveva chiamato Marcus e aveva scritto a Miles il nome dell'albergo in caso le fosse successo qualcosa.

Eppure il chiavistello sembrava solido. A parte il soffione, la stanza era carina. La moquette non aveva macchie sospette, e in un angolo c'era un'accogliente scrivania di legno. Ampia e solida, era il genere di posto dove ci si poteva sedere con la speranza di bloccare i pensieri che continuavano a sgorgare come pietre laviche dal cratere di un vulcano. Emma si accomodò sulla sedia. Per un po' non fece altro che fissare la parete sentendosi inutile, e questo era già qualcosa. La consapevolezza della propria inutilità non era forse un tema cruciale nella letteratura dell'età moderna? Non aveva ispirato un capolavoro come *Don Quijote*?

Per corroborare quel poco di amor proprio che le era rimasto aprì il quaderno. Forse era arrivato il momento di lasciar parlare il suo semi-conscio.

Emma crollò sulla prima panchina all'ombra. Aveva calcolato di impiegare un paio di mattine al massimo per scoprire dove alloggiava Rocha, ma aveva già setacciato quindici alberghi a cinque stelle, e a ogni isolato ne spuntavano altri. Come al solito aveva sopravvalutato la sua conoscenza del Brasile. Stremata e cotta dal sole, con un vago senso di vertigine, abbassò il capo tra le ginocchia.

All'ombra del baniano, una donna di Bahia con una piuma viola infilata nel turbante stava vendendo pile fumanti di *acarajé*. Emma sentiva l'odore dell'olio di *dendê*, delle cipolle e della yucca che cuocevano a fuoco lento nella salsa.

«Vuole pranzare, *senhora*?» chiese l'ambulante senza alzare gli occhi.

«Sì, grazie», le rispose fissando la piuma. Era dello stesso viola intenso delle barbabietole umide, dei rubini che luccicavano in fondo a un cassetto. «Per caso ha comprato quella piuma in un negozio qui vicino?» domandò poi.

«*Eh*. Dal cappellaio dietro l'Aram Yamí Hotel, sulla Santo Antônio.»

Emma ripeté il nome dell'albergo, e la donna annuì porgendole un tovagliolo plastificato in cui aveva avvolto il suo *acarajé*. Emma diede un morso e strabuzzò gli occhi. D'un tratto in gola le era esploso un incendio. Ogni cosa a Salvador aveva connotati infernali: il pepe, il caldo. Con la bocca in fiamme, aprì la cartina per capire dove si trovava. Non era andata fin lì per correre dietro a una piuma.

A meno di non esservi costretta.

E poi la Santo Antônio era a due soli isolati di distanza.

105

Il cappellaio le fece cenno di avvicinarsi. Erano soli nel negozio in penombra, ed Emma non era sicura di voler obbedire. L'uomo indossava una canottiera lurida e le porgeva quelle che a suo dire erano le rarissime piume viola di un macao. Peccato che non fossero affatto viola. Erano color sangue.

«Però forse preferisce le piume di jabiru», disse. «Aveva in mente un modello particolare?»

«No, non proprio», ammise lei.

Il cappellaio si avviò verso gli espositori che affollavano il retro del negozio. Ce n'era uno riservato ai fedora bianchi prediletti dai musicisti di samba, un altro con i caratteristici cappelli a forma di banana che usavano i ballerini di *forró*. Una rastrelliera ospitava copricapi flosci per turisti. Poi c'era una sfilza di sgargianti cappelli di paglia a tesa larga. Emma non si reputava abbastanza carismatica per un modello del genere, ma in quel viaggio non era riuscita a evitare il sole come in passato. Gli altri anni pianificava attentamente la giornata in modo da trovarsi al chiuso nelle ore più calde. Aveva paura di scottarsi, e a ragione. Ora sentiva già il viso e le braccia bollenti.

Dall'espositore più vicino scelse un cappello a tesa larga color crema e lo indossò. Miles lo avrebbe considerato ridicolo, destinato a finire in fondo a un cassetto insieme ad altri inutili ricordi di viaggio. Sentì l'uomo avvicinarsi alle sue spalle e si girò.

«Posso?» Il cappellaio infilò una piuma scura nel nastro.

«Queste sono rare. I rondicchi si fermano qui soltanto per svernare.»

Emma si rimirò nello specchio sudicio appeso alla parete. Era diversa dalla piuma della baiadera del chiosco. Più lunga, con una sfumatura metallica e bluastra. Quella e l'enorme tesa bianca del cappello la facevano sembrare una a cui mancava un venerdì, o forse soltanto una persona con uno spiccato senso dell'umorismo, che per godersi la vita non sta certo ad aspettare qualche impossibile congiunzione astrale.

«Se vuole, posso offrirle diverse altre piume.» Il cappellaio la squadrò lasciando intendere che avrebbe preferito offrirle ben altro. Ma lei disse che il rondicchio era perfetto.

Dopo aver pagato si calò la tesa sulla fronte e attraversò la strada bollente per entrare nella hall dell'Aram Yamí Hotel.

L'Aram Yamí sembrava fatto per clienti come Roberto Rocha. Sofisticato e coloniale, era il genere di albergo dove Alessandro avrebbe sproloquiato delle sue nonne costrette a lavare i pavimenti dell'atrio per le nonne di Rocha.

Però Alessandro non c'era, e in sua assenza Rocha poteva ammirare quanto gli pareva i tavoli di palissandro con le gambe ricurve e i grossi specchi dalle cornici dorate nella hall. La voluttà dell'insieme lo incantava. Per amore di pignoleria, ogni oggetto d'antiquariato poteva essere il corrispettivo di un'ingiustizia. Ma che senso aveva pensarla così? Un sofà finemente intagliato restava comunque un oggetto meraviglioso. Rocha non aveva intenzione di contaminarlo con il pensiero dei domestici di sua nonna inginocchiati a strofinare le gambe di legno per preservarne la lucentezza.

Aveva nutrito un profondo disprezzo per sua nonna, sempre lì a far tintinnare la campanella d'argento per chiamare la servitù e a ripetergli che era un ragazzo strano, che la sua voce dava sui nervi alla gente.

Si tolse i mocassini e si stese sul letto, facendolo cigolare sotto il suo peso. In corridoio, un gruppo di turisti americani chiacchierava ad alta voce, turbando la tranquillità del luogo. Per fortuna di lì a poco furono inghiottiti dall'ascensore, e Rocha stava per prendere sonno quando il telefono sul comodino squillò.

«Scusi se la disturbo, *senhor* Roberto», disse la receptionist, «ma nella hall c'è una donna che desidera vederla.»

«Davvero? Be', le dica che scendo subito.»

Si rimise le scarpe e prese gli occhiali da sopra il comodino. Era tipico di Beatriz scovarlo prima che lui trovasse lei. E proprio il giorno del suo arrivo. Credeva di poterle scucire qualcosa da pubblicare: un romanzo breve o una raccolta di racconti. Beatriz si fidava di lui, sapeva che non avrebbe mai rivelato a nessuno dove si trovava.

Ding.

Le porte dell'ascensore si aprirono e Roberto Rocha sfoderò il suo sorriso più suadente. Dov'era Beatriz? L'unica donna che riuscì a individuare nella hall semivuota era una turista allampanata con un gigantesco cappello color crema che le conferiva un'aria da attrice anni Venti. Quando si alzò e andò verso di lui, Rocha pensò a una coincidenza.

«*Boa tarde*», gli disse. «Sono la traduttrice americana di Beatriz.»

Lui le rivolse la smorfia che riservava alle pietanze acide. «È lei che mi ha fatto chiamare? Ha chiesto alla receptionist di telefonarmi in camera e di disturbarmi all'ora della siesta?»

«Sono desolata. Se preferisce, posso tornare più tardi. Speravo solo che potessimo scambiare qualche parola su Beatriz.»

«Anche il figlio è qui?»

«Marcus? Oh, no, sono venuta da sola.» La traduttrice arrossì sotto l'ampia falda del cappello. Per essere un'americana, non se la cavava poi così male con il portoghese, ma era una ragazza nervosa e troppo alta. Lo faceva sentire ridicolo, lì con il capo levato verso di lei come uno scolaretto, i rotoli di ciccia sotto il mento ancora più visibili del solito.

Fece un passo indietro per riprendere il controllo della conversazione. «Presumo che abbia già parlato con Beatriz.»

«Veramente no... Lei è qui per incontrarla?»

«Certo», rispose Rocha.

«Allora significa che Beatriz si trova qui a Bahia.»

«Temo di non poterne discutere con lei.»

«Però forse può riferirle un messaggio.» La traduttrice si avvicinò, sovrastandolo di nuovo. «È una questione di vita o di morte. Se ha intenzione di lasciare il Brasile, deve sapere che sono in grado di aiutarla. Posso farle ottenere una residenza temporanea alla University of Iowa grazie ai fondi del dipartimento di scrittura creativa, o magari un incarico a lungo termine per insegnare...»

«Perché insegnare in un'università americana è il coronamento di ogni fulgida carriera letteraria, giusto?» la interruppe lui.

«Desidero solo che Beatriz sia al sicuro.»

«Già. Nel santuario di un'istituzione americana.»

«*Senhor* Roberto, tutto quello che voglio è aiutarla.»

«Oh, non ne dubito», ribatté lui. «È tipico di voi americani. Ora, se vuole scusarmi, sono davvero molto stanco.» Le rivolse un cenno di saluto, girò i tacchi e poté quasi sentirla impallidire alle sue spalle. Erano mesi che Alessandro lo accusava di essersi trasformato in un vecchio arido e insensibile. Non gli sarebbe costato nulla ammettere che non aveva la minima idea di dove trovare l'autrice. Il giorno prima Beatriz si era dileguata dall'albergo presso il quale si era registrata con il nome S. Martins dopo aver persuaso il direttore a restituirle in contanti i soldi che lui aveva sborsato per la camera. Quella sfacciata manipolazione del suo gesto di generosità l'aveva reso furioso. Gli aveva fatto fare tanta strada per niente.

Non che fosse una buona ragione per umiliare la traduttrice, della quale oltretutto aveva già dimenticato il nome.

Anni prima Beatriz aveva scritto un racconto su cinque fratelli che non riuscivano a memorizzare i nomi, inclusi i propri. La sera a cena per chiamarsi tra loro si lanciavano pezzi di pane o di salsiccia. Diventati adulti, non riuscivano a innamorarsi. Quando a letto si giravano per toccare le donne che avevano sdraiate di fianco, si rendevano conto di averne già dimenticato il nome. Arrivati alla mezza età, faticavano a ricordare perfino il proprio e dovevano chiederlo ai genitori. I quali, però, ormai duri d'orecchio, non riconoscevano le voci dei figli al telefono. Chiunque fosse a contattarli, rispondevano immancabilmente: «Bruno, ti chiami Bruno, tesoro». I figli mormoravano quel nome tra sé mentre si abbottonavano il cappotto, sforzandosi di tenerlo a mente almeno fino alla porta. Se si incontravano

111

per strada, uno strillava: «Sono io, Bruno!». «Ma no, Bruno sono *io*!» rispondeva l'altro. «Me l'ha appena detto la mamma.» Allora i due fratelli si fissavano negli occhi con – come l'aveva definita Beatriz? – la terrificante convinzione degli uomini perduti.

La prima volta che aveva letto il racconto, la terrificante convinzione di quei fratelli che si incrociavano per strada l'aveva raggelato. Era seduto nel suo ufficio, e per un paio di minuti gli oggetti sulla scrivania avevano emanato un bagliore inquietante, come le squame di un pesce appena ucciso o lo scintillio di un foglio di stagnola in fondo a un pozzo nero.

A: eneufeld@pitt.edu
Oggetto: entro i prossimi cinque giorni

Senhora Neufeld,
se entro questa settimana non vedrò i miei soldi, rapirò il tuo
amico Marcus e mi prenderò il suo orecchio per coprire gli
interessi.

Perché? Be', perché queste sono le regole. Ci state mettendo
troppo. Tratto tutti i debitori allo stesso modo. Sono per
l'uguaglianza, io. Se uno non paga quello che mi deve, me la
prendo con la sua famiglia. A meno che ovviamente non ci sia
di mezzo un'americana con un bel paio di gambe e i miei soldi
non siano in arrivo.

Um beijo do
Flamenguinho

Emma lesse l'e-mail con il computer rivolto alla finestra, poi si girò di spalle e la rilesse. Con quella piccola omissione sui ricavi del libro di Beatriz negli Stati Uniti aveva pensato di guadagnare un po' di tempo. Ma forse si era sbagliata. Forse, se non avesse assecondato la falsa convinzione di Flamenguinho, a lui non sarebbe venuto in mente di usare Marcus per ricattarla.

Sentì nostalgia dei suoi genitori, della loro solidità, della semplicità di un dialogo nella sua lingua madre. Ma se li avesse chiamati l'avrebbero implorata di tornare a casa. Avrebbero passato la notte in bianco. Avrebbero spedito Miles a prenderla, e lui avrebbe allertato l'ambasciata americana, che a sua volta avrebbe coinvolto la polizia. Raquel sarebbe andata su tutte le furie. Diceva che gli sbirri brasiliani erano troppo corrotti per combinare qualcosa di buono, che avrebbero venduto ai giornali la storia delle scommesse di poker.

Ma forse ora che il fratello era coinvolto avrebbe cambiato idea.

«Assolutamente no. Niente polizia», decretò Raquel quando Emma le lesse il messaggio per telefono. «Peggiorerebbe soltanto le cose. Stampa l'e-mail. Ci vediamo in un bar. E quando esci cerca di non mostrarti sconvolta o spaventata. Devi avere un'aria tranquilla. Compassata.»

Emma annuì, pur non avendo la minima idea di come ricomporsi, finché d'un tratto si ricordò del suo cappello nuovo. Se lo calcò sul capo, reclinando la tesa a un'angolazione spensierata nonostante le tremassero le mani. Quando raggiunse l'atrio, era così agitata che dovette sedersi. Tirò fuori il quaderno per ritrovare un po' di coraggio nella fantasia, per rifugiarsi qualche istante nel sollievo della finzione, nella vocazione all'immortalità nascosta in ogni storia.

Raquel non sapeva cosa pensare del nuovo cappello di Emma. Seduta a un tavolino davanti a un caffè, fissò la strana piuma scura e non poté evitare di chiedersi se la traduttrice fosse impazzita. Come spiegare altrimenti quell'enorme affare che facilitava il compito ai sicari?

Raquel aveva portato il manoscritto trovato nel computer della madre con la speranza che Emma potesse individuarvi qualcosa che a lei era sfuggito. Ma alla vista di quel cappello e dell'assurda piuma color inchiostro capì che la sua era un'idea insensata. Emma non aveva un briciolo di buon senso, proprio come sua madre.

«Vedrai che Rocha accetterà», disse la traduttrice. «Ci presterà il denaro. Perché non dovrebbe?»

«Perché è uno snob», rispose Raquel. «E le scommesse online sono una cosa molto volgare.» Si ficcò in bocca uno dei *brigadeiros* al cioccolato che aveva ordinato. «Ha pagato la stanza d'albergo perché era una cifra insignificante», aggiunse. «Probabilmente si sentiva in imbarazzo per lei.»

Distolse lo sguardo, mortificata da quanto aveva appena ammesso, e oltretutto proprio con Emma. Ricordò una visita di Rocha, un giorno in cui Beatriz era nel bel mezzo di una delle sue crisi di abulia. Raquel aveva raccolto i vestiti sparpagliati sul pavimento, aveva trascinato sua madre nella doccia e l'aveva pettinata. Era stato come giocare con una gigantesca bambola dagli occhi vitrei. Dopo le aveva strillato contro. Era stato un sollievo scoprirsi arrabbiata, vedere che Beatriz si era ripresa quanto bastava da autorizzarla a esigere delle scuse.

117

Mentre passava in rassegna gli estratti conto in rosso, aveva immaginato di spingere sopra quei fogli la testa della madre come se fosse il muso di un cane e dire: "Guarda cos'hai combinato questa volta. Guarda".

Ma lì a Salvador la sua rabbia si era prosciugata. Non poteva scoppiare a piangere davanti alla traduttrice di Beatriz. Se lo avesse fatto, lei ne avrebbe approfittato.

«Hai stampato l'e-mail? Me la mostri, per favore?»

Emma fece scivolare il foglio sul tavolo e le chiese se avesse sentito la notizia dello scrittore scomparso in cima a un albero al Jardim de Alá.

«Conosco la ragazza che ha violentato», rispose Rachel. «È la figlia di un parlamentare. L'ennesimo coglione che segue le orme di mia madre.»

«Nessuno penserebbe questo, Raquel.» Emma scosse la testa facendo oscillare la ridicola piuma del cappello. «Non sarà mai al livello di tua madre. I suoi libri sono prevedibili, poco originali. È proprio il genere di scrittore capace di arrampicarsi su un albero per scimmiottare il suo modello. Beatriz è unica. Unica», ripeté con gli occhi umidi, come se per risolvere tutto bastasse scegliere le parole più reboanti.

«Emma», disse Raquel lentamente, «devi capire che qui ci sono buone probabilità di rimetterci la pelle, e un cappello così grosso renderà la vita più semplice a chiunque deciderà di pedinarti. Ti taglieranno le orecchie e le spediranno in busta chiusa a me o a tuo marito senza pensarci due volte.»

Emma abbassò gli occhi. «Per favore, non dire così. Comunque non sono sposata. Convivevo con il mio fidanzato, ma ora sono qui e non me ne andrò finché non avremo trovato tua madre.»

Raquel aprì la borsetta. «Voglio mostrarti una cosa, ma devi promettermi di non fare nulla senza il mio permesso.»

Permesso: [dal latino *permissum*]. **1.** Consenso formale: «Un traduttore deve ottenere il permesso di pubblicare una storia fatta di parole che non gli appartengono e gli appartengono al tempo stesso». *Si veda anche*: paradosso. **2.** Autorizzazione: «Se un autore scompare, il traduttore deve richiedere un permesso firmato all'esecutore testamentario o al parente più stretto». **3.** L'atto di permettere, spesso confuso con l'acquiescenza, più implicita e sfumata: «Il parente più stretto, in difficoltà economica, potrà arrivare a pronunciare la parola "permesso", ma in seguito se ne pentirà o negherà che quella conversazione sia mai avvenuta». *Si veda anche*: dilemma.

Emma si svegliò con il corpo della sua autrice in mente. All'inizio si limitò a pensare che anche Beatriz ne aveva uno, non meno vulnerabile e femminile del suo. Poi, sotto la doccia, ne immaginò i dettagli fino a concepirlo nella sua interezza: la scrittrice completamente nuda a trentaquattro anni, la stessa età che aveva lei adesso. Abbassava gli occhi mentre si insaponava le braccia, scrutava i seni e le costole sporgenti, si concedeva di ricordare chi l'aveva toccata e dove, gli uomini di Rio che si erano voltati a guardare lei e i suoi occhi verdi senza avere la minima idea di quello che scriveva. Uomini a cui non sarebbe importato nulla, se anche lo avessero saputo.

Nei dieci anni trascorsi a tradurla, Emma non aveva mai riflettuto sul fatto che il corpo di Beatriz possedesse gli stessi complicati segreti delle sue storie. Eppure non era un'ipotesi così assurda.

Alla prima lettura delle pagine stampate da Raquel aveva saltato intere frasi, ansiosa di scoprire il seguito. L'ombra nel vicolo era un'immagine così fasulla. Sembrava uscita da un noir di Sue Grafton: *O come Ombra*. A ogni parola, si aspettava che Beatriz ribaltasse il cliché.

Invece lo stereotipo si reiterava di continuo, finché il racconto si interrompeva. Anche la scena ambientata a Salvador era piuttosto insulsa. Leggendo, Emma si era sentita a disagio. Quel dramma perennemente scongiurato poteva sfociare da un momento all'altro nei temi stravaganti e fantastici che avevano reso famosa la narrativa di Beatriz, però non accadeva mai. La sua autrice non aveva mai scritto nulla di così inesorabilmente piatto e privo di atmosfera.

A meno che il punto non fosse proprio l'inesorabilità. Alla decima variante della scena del vicolo, Emma era così esasperata che smise di leggere. All'inizio aveva pensato che Raquel esitasse a mostrarle il manoscritto perché non si fidava di lei, ma poi aveva capito che in realtà non si fidava di quelle pagine e di ciò che potevano rivelare.

Se la scena era autobiografica, bisognava interrogarsi sulla cronologia degli eventi. Era stato l'episodio del vicolo a spingere Beatriz a polverizzare centinaia di migliaia di dollari a poker? Oppure il problema del gioco d'azzardo era antecedente, e la scrittrice, incapace di concentrarsi, aveva passato in rassegna i suoi vecchi diari?

O era tutto più complicato? Forse a disorientarla non era la scena in sé, ma la sua incapacità di staccarsi dall'oggettività della sequenza nell'interesse della storia, di compiere quel salto di immaginazione che tutti – inclusa Emma – si aspettavano da lei. Rabbrividì al pensiero delle e-mail adoranti che aveva inviato a Beatriz nell'ultimo anno, per dirle quanto fosse ansiosa di perdersi nello strano mondo incantato del suo nuovo libro.

Nei corsi alla Pitt Emma parlava spesso della loro amicizia, del grado di intimità che avevano raggiunto. Durante i viaggi a Rio aveva parlato a Beatriz del suo noioso rapporto con Miles più di quanto lo avesse fatto con le sue amiche di Pittsburgh. Forse quelle confidenze erano alimentate dal portoghese. Confessare lo strazio delle corse mattutine in compagnia di Miles era molto più facile se lo facevi in una lingua musicale, per di più sapendo di dover partire di lì a una settimana. Beatriz le aveva citato una bellissima poesia di Hilda Hilst su una donna che desidera lasciare la stanza in cui l'amante l'ha confinata. Quel verso suggeriva un'intimità più profonda di qualsiasi confidenza reciproca.

Emma ebbe tuttavia il dubbio che non fosse andata così. Ripensando alla conversazione, non ricordava chi avesse citato quella poesia. Era possibile che fosse stata lei, e che Beatriz fosse rimasta lì ad ascoltare.

Mise via il manoscritto, posò il suo quaderno sul letto e lo aprì. Fu come sfiorare un recinto elettrico. Una scarica di parole la travolse, frasi troppo veloci per essere riviste e ponderate. Davanti alla giuria, lo spettro confuso di tutti i traduttori sottoposti a processo si alzava e chiedeva uno specchio. Una traduttrice non poteva procurarsi un avvocato che la aiutasse a difendersi dalle accuse? A quel punto della storia dell'umanità, chiunque fosse accusato di oltraggio alla letteratura aveva il diritto, forse perfino il dovere, di mostrare ai membri della giuria il loro riflesso mentre la guardavano e il potere che aveva la loro espressione sopra la sua faccia.

TUMP TUMP!

TUMP TUMP TUMP!

Emma si mise a sedere di scatto. Era talmente concentrata sul quaderno che aveva dimenticato tutto il resto. La persona dietro la porta picchiò ancora, facendo tintinnare l'acquerello con lo scorcio di spiaggia appeso sopra il letto. Erano venuti a prenderla. Sarebbe morta lì. Raquel aveva ragione.

Ogni volta che rientrava in camera chiudeva con la catena, ma probabilmente era una precauzione ridicola. I sicari dei film erano in grado di scardinare un catenaccio con la stessa facilità con cui strappavano un filo di perle scadenti dal collo di una donna. Se avesse smesso di rispondere alle e-mail o al telefono, Raquel o Marcus sarebbero andati all'ambasciata? Avrebbero avvisato i suoi genitori? Immaginò sua madre assopita sul divano a quadri, svegliata di soprassalto da una chiamata tragica, ma era uno scenario troppo atroce. Impossibile.

«Ehi, sono io, Marcus», disse la persona dietro la porta. «Apri.»

Emma restò in silenzio. Sembrava proprio lui, ma poteva anche trattarsi di un sicario molto abile a imitare le voci. Afferrò il computer e cliccò sull'ultimo messaggio di Miles. Di sera stava sempre appiccicato al portatile.

TUMP TUMP!

«Emma, *você está ai?*»

«Come faccio a sapere che sei davvero tu?» strillò verso la porta mentre digitava sulla tastiera.

«Ti ho portato in camera le scarpe da ginnastica fradicie per convincerti a fare sesso con me.»

«E quanto tempo sei rimasto?»

«Non abbastanza, purtroppo. Stavi scrivendo.»

Emma tolse la catena. La luce al neon dei corridoi sembra progettata per spogliare i volti della propria bellezza, ma Marcus faceva eccezione. Aveva gli zigomi alti, la bocca carnosa, gli occhi di un verde radioattivo. Emma si chiuse la porta alle spalle e lui le accarezzò le braccia intirizzite, i seni e le costole.

Lei non gli chiese se avesse chiamato Raquel e se sapesse che poteva essere rapito in qualsiasi momento e perdere un orecchio. Cosa importava? Lui era lì, avevano chiuso la porta a chiave. Aveva speso una vita intera nel tentativo di misurare esattamente ciò che sapeva, e per cosa?

Un dottorato.

Un incarico da associata e una scrivania arrugginita da dividere con altre due colleghe, una delle quali si nutriva esclusivamente di Doritos e lasciava ditate arancioni sui Post-it.

Un fidanzato che passava le serate a stilare il grafico delle proprie pulsazioni durante la corsa mattutina.

Fuori dalla finestra, la luna di Bahia era piena sopra l'oceano, coronata da un alone azzurrino. Per strada, qualcuno strillava senza sosta: «Maria, *por favor*! Torna qui!». Ancora più lontano, il motore di una macchina andò su di giri, o forse era un proiettile che bucava il buio come una cometa. Nella sua stanza, il termometro segnava la temperatura in gradi Celsius. Un tiepido trentuno.

A: eneufeld@pitt.edu
Oggetto: Re: se domani non mi faccio viva

Emma, la tua e-mail era incomprensibile. Di quale orecchio stai parlando? Devi uscire di lì IMMEDIATAMENTE, prendere un taxi e andare all'ambasciata americana. L'indirizzo lo trovi su: brazil.usembassy.gov. Non riesco ad arrivare a Salvador prima delle nove e ventitré di domani sera.

Hai già cliccato sul link? FALLO SUBITO. Emma, questa scrittrice e i suoi figli sono degli estranei. Qualsiasi cosa tu stia facendo lì non è la tua vera vita.

Al mattino ordinarono omelette con fettine di guava. Quando il cameriere del servizio in camera bussò alla porta, Marcus si avvolse un asciugamano intorno alla vita e andò ad aprirgli con la disinvoltura di un uomo abituato a ricevere la colazione in quel modo.

Emma si era svegliata presto e aveva ceduto all'impulso di controllare le e-mail mentre lui dormiva al suo fianco. Prima però, per qualche minuto, si era sforzata di restare immobile, ancora assonnata, lasciandosi cullare dal trapestio degli ambulanti che allestivano i chioschi lungo la spiaggia. Rimpianse di non essersi sforzata un po' di più. Dopo aver letto i messaggi, il terrore di rivedere Miles la assalì.

A meno che non scegliesse di mostrarsi crudele cambiando albergo.

Marcus addentò il toast. «Divino!» esclamò spazzolandosi via le briciole dalle labbra.

Si mise a frugare nello zaino posato accanto al letto, ed Emma pensò che stesse cercando un altro preservativo, invece tirò fuori la nuova edizione di *Sai che gusto hanno le farfalle*.

«L'hai visto in aeroporto? Non sono mai riuscito a finire nessuno dei libri di mia madre.» Allungò a Emma il volume fresco di stampa. «Sapevo che c'erano tutti a casa sua, ma là c'era anche lei. Non mi sembrava giusto leggerla mentre la sentivo trafficare nella stanza accanto. O forse non ero preparato a sapere cosa aveva scritto.» Fece spallucce. «Magari ero solo pigro.»

127

Emma sfiorò la copertina patinata della nuova edizione, l'immagine austera della forchetta e del cucchiaio. Ora anche l'opera della sua autrice le appariva estranea.

«Non sapevo che nel libro si parlasse di tradimento», disse Marcus.

«Be', anche delle vite sognate dai piccioni.»

«Quella parte non sono proprio riuscito a capirla.» Si tirò il lenzuolo sul petto come se avesse freddo. «Me lo leggi ad alta voce?» chiese. «Dal capitolo dei piccioni?»

Ancora nuda, con le dita appiccicose di guava, Emma cominciò a sussurrargli le parole che sua madre aveva scritto prima che lui nascesse. All'inizio leggeva a voce così bassa che si sentiva appena, e Marcus le si avvicinò.

A ogni frase lei sprofondava un po' di più nelle parole e alzava la voce. Aveva passato così tanto tempo su quelle descrizioni, se le era rigirate in testa mentre guidava in mezzo alla neve o mentre si lavava i denti prima di andare a letto.

In fondo era quella la magia della traduzione: scoprire frasi bellissime e avere l'opportunità di farle conoscere a chi altrimenti non avrebbe modo di capirle. Provare almeno una volta il senso di intimità irripetibile creato dalle parole che si srotolano sulla pagina in quell'ordine preciso.

«"Io conosco le vite sognate dai piccioni"», lesse. «"Non sono diverse dai pensieri fluttuanti di una donna che si dimentica di sé dentro una vasca da bagno. Una donna che si abbandona al languore mentre l'acqua bollente scorre dal rubinetto oltre il bordo della vasca piena, filtrando nella stanza di sotto.

«"So che i sogni dei piccioni non sono diversi dal languore a cui si abbandona il marito della donna nel letto di un'altra, in una zona diversa della città. Un uomo convinto che la moglie dorma sonni tranquilli nella loro casa, che per lui non è meno distante di quanto lo sia un piccione dal significato dei propri sogni. Significato che ogni tanto finisce negli escrementi che il piccione espelle mentre vola. Significato che si spalma sui parabrezza e sui tavolini dei parchi; talvolta sulle teste calve di uomini ignari."»

«Ecco, qui riconosco mia madre.» Marcus premette le

labbra sulla spalla di Emma, e lei continuò più lentamente, più sontuosamente. Una volta aveva letto un saggio di Borges in cui si ricorreva all'avverbio *lujosamente* per descrivere la traduzione delle *Mille e una notte* di Joseph Mardrus. «È l'infedeltà di Mardrus che deve interessarci», dichiarava Borges, «la sua infedeltà gioiosa e creativa.»

«È lei che deve interessarci SONTUOSAMENTE», aveva aggiunto Emma a margine. Miles, che le era seduto accanto, l'aveva presa in giro per avere scritto la parola in maiuscolo, come una ragazzina. Quel fine settimana la Elsewhere Press le aveva chiesto di tradurre il secondo libro di Beatriz. Quando aveva detto a Miles di aver accettato, lui aveva fatto una strana smorfia, come se avesse visto della zuppa incrostata in un angolo della sua bocca.

Per mesi, al ricordo di quella smorfia aveva sperimentato ciò che García Márquez descriveva come «una manciata di gigli velenosi che ti si radicano nelle viscere».

A cavalcioni sopra di lei, Marcus le sfiorò la clavicola con la lingua. «*Segue, tradutora*. Vai avanti.»

Così Emma andò avanti tutta la mattina, SONTUOSAMENTE, fino a pagina settantasei, finché tutto il palazzo fu pieno d'acqua e la schiuma rosa pallido tracimò dai davanzali, e la sua voce cominciò a spezzarsi e i polsi a dolere per lo sforzo di tenere il libro e il telefono a suonare senza sosta e lei sapeva che era Raquel e che Beatriz avrebbe voluto che rispondesse. E poi c'era anche il fatto che Miles stava arrivando.

Qui a Radio Globo è appena arrivata una notizia terribile, amici. Il secondo dei nostri scrittori scomparso dentro la chioma di un albero di Rio è stato ritrovato morto nella sua auto, brutalmente evirato. Si chiamava Vicente Tourinho. Aveva soltanto ventisei anni.

La nostra redazione è estremamente scossa dall'accaduto. E a tutti i nostri autori là fuori vogliamo lanciare un messaggio: per carità, state alla larga dagli alberi!

Raquel non si sentiva più al sicuro da nessuna parte. Nella sua stanza d'albergo non riusciva a farsi una doccia senza prima essersi assicurata che non ci fossero intrusi nel mobile sotto il lavandino. Per prendere sonno doveva controllare più volte di aver messo la catena alla porta. E comunque non dormiva a lungo. Ogni poche ore si svegliava con un nodo alla gola e andava a guardare di nuovo negli armadietti del bagno.

Seduta all'ombra, nel giardino del bar dove aveva appuntamento con Emma e Marcus, si sentiva così sfinita che si addormentò sul tavolo. Sul sito del locale il giardino veniva descritto come silenzioso e appartato, cosa che corrispondeva al vero. Palme dal tronco massiccio delimitavano il perimetro, e le foglie pennate delle più alte creavano una specie di tettoia naturale.

Ma una manciata di palme sarebbe davvero bastata a proteggerli? Emma e Marcus non arrivavano. Sua madre aveva un debito di mezzo milione di dollari con uno psicopatico. Quando il telefono cominciò a squillare e sul display vide il nome di Thiago, provò un tale sollievo che scoppiò a piangere.

«*Bom dia*, fuggitiva! Ehi, che succede? Non starai mica piangendo!»

«Certo che no. Non sono una dalla lacrima facile.» Si premette una mano sul naso.

«Tu sei una macchina da guerra, *mulher*!» berciò lui all'altro capo del filo. «Questo posto è una merda senza di te. Quando torni?»

«Non so. Lo strozzino ha appena minacciato di sequestrare mio fratello.»

«Be', come si fa a non amare questo paese? Viva Brazil!» Thiago fischiettò le note di una samba nel ricevitore. «Tu però hai antenati ebrei. Non tenete sempre un gruzzoletto sotto il materasso per stronzate come questa? Te ne tirerai fuori, Raquel, come sempre. Ora devo scappare. Enrico è più molesto di un foruncolo sul culo.»

Tutto lì.

A quella distanza non poteva ottenere altro da lui.

Prima che fosse riuscita a ricomporsi, Emma e Marcus fecero il loro ingresso nel giardino sul retro. Il fratello andò dritto da lei e le stampò un bacio sulla guancia. Raquel non riuscì a rimproverarlo per essere piombato lì senza dirle niente né per essersi infilato subito nel letto di Emma. Somigliava a Beatriz. Con i loro occhi verdi e i modi placidi da rettile, facevano sempre ciò che volevano. Osservandolo, Raquel pensò a tutte le cose che Marcus non era stato e che mai sarebbe stato.

Non era la progenie di un'ombra.

Non era terrorizzato al pensiero di chiedere alla mamma la verità su quell'ombra, né lo era dall'eventualità di non potergliela più chiedere.

Alto, conturbante, gli occhi come pietre preziose, Marcus non si svegliava da solo tutte le mattine.

Non era obbligato a fissare la traduttrice di sua madre all'altro capo del tavolo, così tronfia e luminosa che sembrava avesse appeso al collo un cartello con su scritto: HO APPENA FATTO SESSO CON TUO FRATELLO. È STATO DIVINO.

Mentre i figli della sua autrice discutevano, Emma, a capo chino, si sforzava di sembrare attenta e invisibile al tempo stesso. Il loro tavolo era malfermo, e le gambe ballavano ogni volta che Marcus o Raquel posavano le mani sul piano. Solo una settimana prima Emma avrebbe cercato di sistemarlo in silenzio, di far cessare il dondolio, ma ora non si mosse. Marcus insisteva che dovevano chiamare le zie di São Paulo. Raquel sosteneva che non avrebbero mai sborsato una cifra del genere. Beatriz aveva interrotto i contatti con loro da parecchio. Marcus si appoggiò al tavolo e replicò che l'alternativa era consegnare ai media i messaggi di Flamenguinho, nella speranza che vedendosi sbattuto in prima pagina si spaventasse. Raquel disse che era un'idea ingenua. I giornalisti trasformavano i sequestri in soap opera, senza combinare mai nulla di buono. In Brasile i telegiornali erano gestiti da una manica di idioti collusi con i sindacati. Marcus la implorò di non lanciarsi in una delle sue invettive, e lei lo mandò al diavolo.

Nel silenzio teso che seguì, Emma tenne gli occhi bassi e le mani in grembo. Non le veniva in mente nulla da dire e sapeva che nessuno l'avrebbe interpellata; questo l'autorizzava a concentrarsi sul pensiero terribile di Miles che sarebbe atterrato a Bahia di lì a nove ore. Dall'aeroporto sarebbe arrivato all'albergo, dall'albergo alla sua camera. Tappe che non si era ancora premurata di illustrare in portoghese al figlio della sua autrice.

D'un tratto Marcus spinse indietro la sedia. «A chi va una caipirinha?»

Emma non era sicura di riuscire a bere a quell'ora, ma fece sì con la testa. In assenza di Marcus divenne ancor più consapevole del piede o del ginocchio di Raquel che tamburellava ossessivamente contro la gamba del tavolo.

Quando il vento minacciò di far volare via il tovagliolo di Emma, Raquel lo bloccò con la mano come se fosse un insetto. «Avresti dovuto avvertirmi che era arrivato», disse. «È mio fratello.»

«Alle due del mattino? Era tardissimo.»

«Gli hai fatto leggere il manoscritto?»

«Gliene ho parlato, ma...»

«Dammelo.» Raquel glielo strappò dalle mani prima che Emma potesse posarlo sul tavolo. «Chiariamo una cosa, d'accordo? Se mia madre non ricompare, ti consiglio di trovarti qualcun altro con cui cornificare tuo marito e un altro libro da tradurre. Questa è la mia famiglia.»

Emma aprì la bocca per dire che non era sposata, che avrebbe venerato Beatriz per tutta la vita, ma dall'interno del locale arrivò un frastuono. Grossi uomini vestiti di nero avevano fatto irruzione dalla porta principale, così rapidi e scuri da sembrare uno stormo di pipistrelli.

Un rumore stridente.

Qualcuno cacciò un urlo.

Quando Emma e Raquel entrarono di corsa nel bar, di Marcus non era rimasto altro che un bicchiere da cocktail in frantumi sul bancone, in mezzo a una pozza di caipirinha. Sul pavimento, cubetti di ghiaccio e spicchi di limone.

Rocha fece cenno al cameriere di portare via la sua caipi-rinha. Sulle scorze di limone c'era una patina scura. Scan-daloso. All'Aram Yamí non lavavano la frutta prima di ser-virla? Non dovevano rispettare certi standard d'igiene?

«Sono desolato, signore», disse il cameriere.

Rocha girò il viso finché il bicchiere non fu scomparso dalla sua vista. Quelle ultime ore a Salvador prima del volo per Rio avevano fomentato la rabbia che nutriva per sé stes-so. Era un editore ansioso e disperato, disposto a tutto per braccare una scrittrice che lo aveva abbandonato oltre vent'anni prima. Non sarebbe mai riuscito a convincere Beatriz a fare qualcosa che non le andava. Nessuno ci sa-rebbe riuscito. L'aveva cercato soltanto perché aveva biso-gno di soldi. Non c'era motivo di credere che gli avrebbe dato il suo ultimo libro solo perché le aveva pagato l'alber-go, sempre ammesso che un manoscritto esistesse davvero.

Aveva prenotato un volo per quel pomeriggio stesso, poi era uscito a comprare un pacchetto di mentine. Voleva fare un po' di attività fisica per non essere costretto a mentire ad Alessandro al ritorno. Nell'atrio dell'Aram Yamí si era fermato un'ultima volta al banco della reception per sapere se qualcuno l'aveva cercato.

«*Sim, senhor Roberto*», rispose l'impiegata. «Mezz'ora fa so-no passate due donne. Hanno chiesto di essere richiamate il prima possibile a questo numero.»

Gli tese una busta con il logo sfarzoso dell'albergo. Al-l'interno c'era un Post-it ripiegato con una sequenza di nu-meri. Finalmente. Avevano trovato Beatriz.

Entrando nella hall dell'Aram Yamí, Emma si sentì a disagio. Al banco della reception faticò a ricordare il nome di battesimo di Rocha, poi balbettò il proprio. Accanto a lei, Raquel singhiozzava e trafficava con il cellulare. In ascensore, dove non c'era segnale, le si appese al braccio come se fosse cieca.

«Pensa se in questo preciso momento gli stessero tagliando l'orecchio. Forse mentre noi siamo chiuse qui dentro mio fratello sta sanguinando a morte. Lo ficcheranno nel bagagliaio di un'auto e lo lasceranno lì a soffocare.»

«Vedrai che non gli faranno del male», la rassicurò Emma, come se stessero parlando di un manuale scolastico che conosceva a menadito. Come se un traduttore devoto fosse la massima autorità mondiale in materia di sequestri.

L'ascensore trillò.

La porta scorrevole si aprì.

Nella bolla ovattata di moquette blu che portava alla camera di Rocha, Emma ripensò alla propria camera d'albergo. Ai vestiti di Marcus stesi sulla sedia e sulla scrivania, al suo spazzolino sul ripiano del lavabo, al romanzo di sua madre ancora aperto a faccia in giù alla pagina dove si erano interrotti. All'assurdo arrivo di Miles di lì a cinque ore.

«Emma, vai avanti. Quella non è la porta giusta.»

«Scusa, ho solo bisogno di un secondo.»

Ma Rocha le aveva sentite ed era uscito in corridoio. «Non si preoccupi. Si prenda tutto il tempo necessario», disse. «È normale avere una piccola esitazione prima di chiedere a un uomo ricco di allentare i cordoni della borsa.»

Esitazione: [dal latino *haereo,* aderire o aggrapparsi] Dilazione dovuta a uno stato di incertezza emotiva: «La traduttrice non aveva mai esitato ad accettare un romanzo della sua autrice, o a dichiarare che lo scopo della sua vita era promuovere l'opera della suddetta autrice. Ci aveva creduto con tutta sé stessa, finché, nel corridoio di un albergo, esitò».

La stanza era immacolata. Rocha non aveva lasciato in giro nessun indumento. Non c'erano un pigiama voluminoso sul letto né un calzino spaiato o un paio di scarpe sul pavimento. Gli unici posti dove sedersi erano due poltrone a motivi cachemire dall'aria scomoda. Rocha affondò nella prima, Raquel si accomodò sulla seconda. Era stata lei a insistere perché si incontrassero proprio lì, nella stanza di Rocha, dove nessuno avrebbe potuto origliare. Rimasta in piedi, Emma si ritrovò ai margini della conversazione. Una posizione che non le era nuova e che offriva diversi vantaggi. Presente ma ignorata dagli astanti, non si sentiva obbligata a parlare. Ma ciò non significava che non potesse farlo. O che il suo contributo, al momento giusto, non si sarebbe rivelato significativo, perfino cruciale.

«Raquel, cara, se ti dessi i soldi del riscatto, quelle iene penserebbero che tu abbia trovato una fonte sicura di denaro. E te ne chiederebbero altro.»

«Ti restituirò tutto. Sarebbe solo un prestito. Hanno rapito mio fratello, per carità di Dio! *Puta que o pariu!*» Dopo aver imprecato, Raquel emise un gemito così straziante e primordiale che il viso di Rocha cambiò espressione.

"Ora o mai più", si disse Emma. «E se non fosse un prestito ma uno scambio? Se le offrissimo il nuovo manoscritto di Beatriz?»

Alla parola «manoscritto» Raquel e Rocha saltarono sulle poltrone come se la stanza fosse stata percorsa da un fremito.

«Credevo che il nuovo libro non fosse finito», disse lui.

145

«Abbiamo oltre duecento pagine di roba.»

«Non sono ancora pronte per la pubblicazione», obiettò Raquel. «Sono solo un'accozzaglia di scene.» Fulminò Emma con lo sguardo, ma Rocha aveva già rivolto il suo corpaccione rotondo verso la traduttrice.

«Il manoscritto si trova qui a Salvador?» chiese.

«Si trova in questa stanza», rispose Emma. «Se firma l'assegno, può averlo in questo preciso istante.»

«No che non può», disse Raquel.

Emma la ignorò. La pelle di Rocha si era accesa di un bagliore incandescente, gli occhi ardevano nel viso grassoccio come un paio di candele dentro una zucca intagliata.

«Be', ovviamente non possiamo lasciare il povero Marcus nelle mani di quei delinquenti, ma settantacinquemila dollari...»

«Se non è interessato lo proporremo ad Alfaguara o a un altro editore.» Raquel sbuffò ostentatamente, ma ora era lei quella esclusa dalla conversazione.

«Cinquanta?» rilanciò Rocha.

«Ottanta», fece Emma. «Con l'attenzione suscitata dal caso, il libro andrà a ruba.»

Rocha si abbandonò contro lo schienale, ed Emma sentì il fruscio delle *fiches* che scivolavano verso di lei. Si costrinse a restare impassibile, ordinò alla mente di non tornare alla mano di Marcus che le accarezzava la coscia sul taxi, all'immagine del suo corpo a cavalcioni sopra di lei tra le lenzuola.

«Ricorda quel racconto, *Il vecchio e il libro*?» le domandò Rocha.

«L'ho tradotto in una notte», rispose Emma. «Era brevissimo, qualche centinaia di parole appena. Un vecchio si infila a letto con l'unico libro che abbia mai posseduto e scopre che ha cominciato a crescervi un fungo azzurro. Cerca di grattarlo via con le unghie. Ha imparato le frasi a memoria, ma ogni sera lo apre per il semplice piacere della pagina scritta, per osservare le lettere che formano le parole. A furia di grattare via il fungo le sue mani diventano sempre più blu. Quando lo trovano morto nel letto, gli abitanti del

villaggio non capiscono dove finisce la pagina e dove inizia-
no le mani blu del vecchio.

«Ho sempre pensato che la dedica, "a R.", fosse per Raquel, ma la storia era per lei. Per le sue mani.»

Rocha prese la valigetta posata accanto ai piedi a zampa
di leone della poltrona, ed Emma capì di aver trattenuto il
respiro per tutto il tempo.

Oh, sì, respirava ancora. Era vivo e vegeto. Nessuno avrebbe piantato l'ultimo chiodo nella bara di Roberto Rocha e della Editora Eco. Durante il viaggio aveva fatto così tante correzioni che la penna era rimasta a corto d'inchiostro. Aveva dovuto chiederne un'altra all'assistente di volo, terminando il lavoro con uno strumento di scrittura di infimo livello.

Il manoscritto somigliava alle prime bozze di Beatriz che aveva corretto trent'anni prima: lampi di genio sepolti in mezzo a pagine di ripetizioni e ridondanze. La traduttrice aveva condotto le trattative con scaltrezza, ma Rocha non si sentiva raggirato. Conosceva Beatriz e sapeva che lì dentro si celava qualcosa di sublime. Bastava sfoltire un po' la prosa. Al momento dell'atterraggio aveva già capito tutto: erano le variazioni a fare la storia. Doveva ritoccare ogni cosa tranne i dettagli che alteravano ciascuna versione. La bellezza del libro stava nella sua inutilità, nel fallimento straziante dell'autrice, incapace di riscrivere le conseguenze di uno stupro cambiando la stoffa del vestito della protagonista o gli antipasti sulla tavola.

Con la scomparsa di Beatriz, i critici avrebbero speculato fino a farsi venire il mal di testa sulla natura autobiografica della scena al Cine Paissandu. Alessandro sarebbe rimasto scandalizzato dalla somma sborsata per il manoscritto, ma in fin dei conti quel denaro non poteva avere impiego migliore: impedire che un povero ragazzo venisse mutilato, forse addirittura ucciso. E poi che senso aveva fare l'editore se bisognava privarsi della possibilità di lavorare su un'ope-

149

ra del genere quando le giornate erano scandite da frasi snervanti, che non rischiavano nulla, non domandavano nulla? Mere stringhe d'inchiostro in un libro che non suscitava né emozioni né turbamento nemmeno in colui che lo pubblicava.

Rocha estrasse l'ultimo anacardo della confezione di snack assortiti offerta dalla compagnia aerea, poi accartocciò l'involucro come se fosse uno di quei tanti manoscritti. Con l'altra mano versò il latte nella tazza di caffè.

Secondo Beatriz il mondo non faceva eccezioni per gli amanti. Il flusso di un'alluvione travolge due innamorati nel loro letto così come una casa infestata dalle ragnatele. E una zanzara velenosa può pungere un uomo intento a baciare la moglie così come un politico che nasconde i soldi dei contribuenti nell'armadio.

Il mondo non aveva fatto eccezioni per Marcus. Emma aveva fatto l'amore con lui, gli aveva letto il libro di sua madre mentre stavano così vicini che poteva sentire il battito del suo cuore. Niente di tutto questo era valso a proteggerlo. Avevano telegrafato subito l'assegno di Rocha a Flamenguinho, ma quando Emma era rientrata in albergo alle quattro ad attenderla alla reception c'era una scatola da scarpe in una busta di plastica. Una scatola arancione con il logo della Nike. All'interno, qualcuno aveva infilato un foglietto e un'altra busta di plastica delle dimensioni di un panino imbottito. Dentro la busta, incrostato di sangue, c'era un orecchio sul quale aveva passato la lingua così di recente da sentirne ancora il sapore.

Il mondo non faceva eccezioni per gli amanti. Emma aveva recitato quella frase in inglese. L'aveva vista su uno dei cartelloni del festival luso-brasiliano di Minneapolis, l'aveva letta con orgoglio durante una presentazione alla Barnes & Noble di Squirrel Hill. Per coglierne ogni sfumatura l'aveva ripetuta fra sé, determinata a ricrearne la bellezza, il tono cupo.

Ma in quel momento non sentì nulla. Ne percepiva solo la desolazione. La avvertiva in ogni fibra, con ogni nervo.

Poiché il mondo non si fermava per gli amanti, aveva scritto Beatriz, neppure gli amanti erano costretti a fermarsi per il mondo o per la pioggia, per lo scoppio di una guerra o per la sua fine. Gli amanti nella stanza accanto facevano sbattere la testiera del letto mentre Emma se ne stava lì seduta in preda ai brividi.

Anche così mutilata, la pelle scabra dell'orecchio di Marcus aveva un'aria unica. Apparteneva a un essere umano unico al mondo, com'era unica la grafia del foglietto, tutta curve imprecise e tratti irregolari.

IL TUO RAGAZZINO PIANGE COME
UNA BAMBINA.
ME NE DEVI ALTRI QUARANTA, TRADUTTRICE.
FAMMELI AVERE ENTRO MEZZANOTTE
O TI REGALO UN PEZZETTO
DELL'ALTRO ORECCHIO.
SE SALDI IL DEBITO STASERA
RIAVRAI IL TUO RAGAZZINO
GIÀ DOMANI.

Emma tradusse il biglietto diverse volte, come se così facendo potesse esorcizzare la paura, evocare un'immagine diversa da quella di Marcus legato in un posto orrendo, che strillava dal dolore o aveva perso i sensi. A quel punto dovevano per forza averlo medicato. Se lo avessero lasciato sanguinare a morte o si fosse preso un'infezione, addio riscatto. I sequestri funzionavano così. Per la prima volta dal suo arrivo in Brasile sentì nostalgia di Pittsburgh, dei libri disposti in ordine alfabetico sulla sua scrivania e del querulo miagolio dei suoi gatti, che si spegneva immancabilmente alla vista dell'apriscatole e di una scatoletta.

Aveva nostalgia della sua classe, del suo registro maniacalmente ordinato. Le mancava perfino il suo merdoso ufficio condiviso, un luogo dove la passione era soltanto uno scambio di idee, una posizione da difendere dietro una scrivania con una tazza di tè fra le mani.

Se Miles l'amava abbastanza da venire a prenderla, forse

era da stupidi non tornare a casa insieme a lui. Che ci faceva lì, con l'orecchio di un altro uomo in grembo? Non sapeva se era innamorata di Marcus. E in fondo che cosa importava?

Cosa: [dal latino *causam*] **1.** Oggetto che può essere percepito con uno o più sensi. Per esempio, un orecchio così come viene osservato da un occhio. **2.** Ciò cui una persona si riferisce senza nominarlo: «La donna fissò la cosa che aveva in grembo».

Aspettando la risposta di Raquel, Emma spostò la cornetta da un orecchio all'altro. In qualsiasi modo tenesse il telefono si sentiva tremendamente consapevole delle proprie orecchie. Le sentiva scottare ai lati della testa.

«Raquel, sei ancora lì? Vuoi che ti legga... Preferisci che...» D'un tratto il suo portoghese parve inadeguato. Oltre la parete sentì un rumore d'acqua corrente, sospiri, qualcosa che cozzava contro la porcellana del lavandino.

«Quanto altro denaro vogliono?» chiese Raquel con voce stridula.

«Quaranta.»

«Chiama Rocha.»

«E tu chiamerai la polizia?»

«'Fanculo la polizia, Emma! *Ave Maria.* Non hanno mai trovato nessuno, qui. Venderanno la storia ai giornali e fine dei giochi. Gli sbirri prendono uno stipendio da fame. Questo non è il tuo paese, hai capito? Non hai la minima idea di cosa stia succedendo.»

Ora Raquel stava strillando, e lei non sapeva più cosa fare. Continuò a fissare l'orecchio di Marcus dentro la scatola da scarpe.

Nella stanza accanto gli amanti avevano aperto il rubinetto della doccia, e la donna cantava *O que você quer saber de verdade* di Marisa Monte con un falsetto stridulo. Avrebbe voluto chiedere loro di cambiare stanza, visto che lei non poteva lasciare quella. Immaginò che Marcus riuscisse a scappare e cercasse rifugio lì, tamponandosi la ferita sanguinante che aveva al posto dell'orecchio. Provò a figurarsi

157

il contatto del contorno ruvido e slabbrato contro la propria guancia.

«Devi avvisare Rocha», ordinò Raquel. «Chiamalo subito.» Emma rispose che certo, l'avrebbe fatto immediatamente.

Quando sparò la cifra e Rocha ammutolì, si strinse al petto la scatola della Nike e disse che Raquel aveva raggiunto un accordo con Flamenguinho. «All'inizio ne voleva sessantamila», mentì, «ma noi gli abbiamo detto che potevamo dargliene soltanto quaranta e lui ha ceduto.»

«Cambierà idea quando avrà il denaro», replicò Rocha.

«Ha già fatto marcia indietro rispetto alla richiesta iniziale.» La sua audacia la fece arrossire, ma non aveva alternative. In fondo aveva imparato il portoghese traducendo le storie audaci di Beatriz. Le stesse storie che avevano condotto Rocha fin lì.

Emma gli chiese se avesse altre idee, se aspettare che il sicario le spedisse il secondo orecchio di Marcus fosse un'opzione plausibile.

«No, certo che no. Verserò i soldi sul conto di Raquel. Spero che abbiate ragione. Che questa volta sia davvero l'ultima.»

«*Obrigada.*» Emma lo ringraziò, avvertendo la cadenza stonata nella propria voce come non le capitava da anni. Aveva imparato il portoghese troppo tardi per arrivare a pronunciare bene quella R. Era inevitabile: ogni volta che apriva bocca liberava nell'aria un fiotto di crrori.

Due donne che non si piacevano affatto si sedettero sul bordo del letto di una camera d'albergo come sorelle. Per un po' rimasero chine sul minuscolo schermo di un cellulare, aspettando la notifica di una nuova e-mail. Una delle due ripensò a un racconto scritto tempo prima dalla madre dell'altra. Parlava di una tribù i cui membri non si guardavano mai negli occhi, convinti di prevenire in tal modo l'arrivo dei giaguari. Quando ne vedevano uno gironzolare ai margini del villaggio con un cucciolo tra le fauci, le donne si riunivano all'ombra per macinare la manioca a testa bassa. Sussurravano del caldo estivo, ciascuna attenta a cogliere ogni sfumatura nella voce delle altre.

Allo stesso modo, sul letto della camera d'albergo, le due donne si concentravano sul telefono per non incrociare gli sguardi. Alla fine si arresero, come sempre succede quando si cerca di evitare qualcosa. Alzarono gli occhi all'unisono, i visi così vicini che non ebbero altra scelta che fissarsi nelle pupille dilatate. Ciascuna notò la pelle floscia sulle palpebre dell'altra, le rughe sulla fronte aggrottata. Avevano superato i trenta e, come a qualunque età, erano giaguari.

Ciascuna vide questo negli occhi dell'altra, ed entrambe distolsero lo sguardo.

A: raquel.yagoda@gmail.br
oggetto: obrigado você

SONO ARRIVATI I SOLDI, AMIGA.

TI FARÒ AVERE L'INDIRIZZO AL PIÙ PRESTO. CI TROVERAI UNO
DEI NOSTRI INSIEME A TUO FRATELLO.

PUOI VENIRE CON LA TUA BELLA AMERICANA, MA SOLO CON
LEI. HO DEI CONTATTI CHE TU NON HAI. SE CHIAMATE GLI SBIRRI
SIETE TUTTI MORTI.

Per l'ennesima volta Raquel si ritrovò a cenare alle sei di pomeriggio, l'ora degli americani. Gli unici brasiliani nel ristorante erano i camerieri. Tutti i clienti erano turisti, molti dei quali, notò, non si curavano del modo in cui facevano stridere la forchetta sul piatto. Emma aveva insistito per mangiare presto adducendo la scusa di dover andare a letto alle otto e continuava a controllare maniacalmente l'orologio.

Con tutte le caipirinha che stava bevendo, Raquel tuttavia non era sicura che sarebbe riuscita ad arrivare incolume alla sua stanza. «Perché non provi a calmarti?» le disse. «Abbiamo fissato un appuntamento. Abbiamo fatto tutto quello che si poteva.»

«E se la bugia che ho raccontato a Rocha ci si ritorcesse contro? Se all'ultimo momento ci chiedessero altri soldi? Potrebbe succedere.» Emma buttò giù le ultime gocce del suo drink. In genere si limitava a sorseggiare, portandosi il bicchiere alle labbra con la stessa timidezza di un colibrì all'abbeveratoio. Raquel aveva sempre detestato quel modo di bere, ma ora vederla buttare giù la terza caipirinha come se fosse acqua la irritò ancora di più.

«Emma, fai un respiro profondo», le consigliò sporgendosi verso di lei. «Flamenguinho ha ricevuto il denaro. Dobbiamo dare l'impressione di fidarci di lui. Se sei così agitata, forse non dovresti venire.»

«All'appuntamento? Certo che devo venirci. Non puoi andare da sola, è troppo rischioso.»

Raquel non era d'accordo, ma non disse nulla. A quel

punto Emma era soltanto un peso in più. Prima di cena aveva chiamato Thiago per chiedergli consiglio. Lui aveva detto che in Brasile i sequestratori non erano teneri con i *gringos* e che nemmeno lui aveva troppa pazienza con quei bastardi smorti. Era più preoccupato per Raquel: voleva che contattasse il cugino di un suo cugino. «È l'Hertz delle pistole di piccolo calibro», le aveva spiegato. «Le affitta anche solo per un giorno. Ti farà avere una signora pistola, più maneggevole di un accendino.»

Raquel gli aveva domandato quanto le sarebbe costata.

«*Mulher*, ti prego. Non ti chiederà un bel niente. È un parente, e poi mi deve un favore.»

Emma si infilò l'unico vestito pulito che le era rimasto. Indossò gli orecchini in filigrana che aveva scelto su internet come regalo di compleanno da parte di Miles. Si spalmò sulle mani la crema idratante e tagliò le cuticole, mettendosi in tiro come un'adolescente per ingannare il tempo e perché era un po' sbronza, ma anche perché non sapeva se stipare la roba di Marcus nell'armadio o lasciarla dov'era.

Non aveva osato raccogliere i boxer rossi che lui aveva abbandonato sul pavimento, ancora appallottolati insieme a uno dei suoi abiti sporchi. Non aveva toccato neppure lo zaino, che giaceva aperto di fianco al letto. Da quando Marcus era scomparso, quegli oggetti si erano caricati di significato. Non se la sentiva di spostarli per nasconderli a Miles.

Nella teoria della traduzione, quel dilemma veniva indicato con il verbo «addomesticare». Un traduttore poteva giustificare lo spostamento degli elementi di una frase con la necessità di renderla più comprensibile ai lettori. Per non sconcertarli poteva perfino sostituire un oggetto con uno più noto. Con il cibo succedeva spesso: magari nel caso di un frutto che probabilmente il lettore non avrebbe riconosciuto, del quale non poteva immaginare la dolcezza.

Il problema era che così facendo si rischiava di manipolare la verità. Emma aveva imparato a non cedere mai a quel dilemma, convinta di avere abbastanza esperienza da capire intuitivamente cosa si poteva spostare e cosa no e quando la posizione di un oggetto si identificava con il suo significato.

Ecco perché, quando Miles bussò alla porta, scivolò sui boxer e sbatté la faccia contro l'armadio.

«Oddio, Emma, stai bene?»

Miles le sollevò il mento per capire se si fosse ferita in fronte o più vicino all'occhio. «Puzzi come una distilleria. Quanto hai bevuto stasera?»

Emma si rifugiò in bagno tenendo la mano sul viso. C'era abbastanza sangue da impregnare gli asciugamani e tingere l'acqua nel lavandino. Non le faceva molto male, ma dopo quattro caipirinha non provava granché in generale.

«Fammi vedere.» Miles si chinò su di lei. Indossava una delle sue magliette informi della Adidas. Sembrava più alto e più determinato, ancora più convinto di essere nel giusto.

Emma non voleva che le esaminasse la ferita, anche se la sua smorfia di preoccupazione sembrava sincera. O forse soltanto familiare, come l'odore del suo dopobarba.

«Sta smettendo di sanguinare, ma ti si è gonfiato l'occhio. Hai bevuto ogni santo giorno da quando sei arrivata qui? Non c'è da stupirsi che tu abbia perso il senso della realtà.»

«Miles, ti prego, piantala.» Cercò di divincolarsi, ma alle sue spalle c'era il gabinetto.

«È solo che non capisco cosa sta succedendo», disse lui. «Se credi che voglia sposarti per avere subito dei figli, non...»

«Si riduce tutto all'avere figli, giusto? Sei come tua madre. Giudichi chiunque in base a quell'unico parametro. Credi di capire come sono fatti gli altri, ma non capisci un bel niente. Sei solo un gran presuntuoso. Lasciami stare!» Emma lo spinse via per uscire dal bagno. Lui le restò appiccicato, respingendo le accuse, finché non arrancarono

167

fuori calpestando i boxer appallottolati a terra insieme al vestito.

«Di chi sono questi?»

«Di Marcus.»

«Il figlio?»

La mascella di Miles si contrasse. E poi eccoli lì: la bocca aperta dello zaino di Marcus, il suo costume a righe verdi sopra il comodino, una delle sue magliette sporche di sudore sul pavimento.

Miles si avvicinò al letto. Emma riuscì ad afferrare per prima lo zaino. Lui però era interessato a qualcos'altro. Raccolse il quaderno posato sulle lenzuola e lo sollevò.

«Pure quel coglione fa lo scrittore? È per questo che te lo sei portato a letto? Per tradurre anche lui? Sei patetica, Emma.»

«Lui non scrive. Quella è roba mia.» Tentò di afferrare il quaderno, ma Miles lo teneva sospeso in alto.

«Cosa vuol dire che è roba tua? Non vedi che ti stai rovinando la vita per dei libri che non hai nemmeno scritto tu? Chi se ne frega di quelle storie assurde! Devi tornare in te!»

Senza abbassare il quaderno, lo aprì a una pagina a caso e reclinò la testa per leggere. Emma salì sul letto per riprenderselo, ma lui si spostò.

Il telefono sul comodino cominciò a squillare facendo trasalire entrambi. Era Raquel: Flamenguinho avrebbe liberato Marcus di lì a mezz'ora. «Se vuoi esserci», disse a Emma, «devi saltare su un taxi immediatamente.»

Lei si accorse che nella confusione Miles aveva abbassato il quaderno. Glielo strappò di mano. «Puoi ripetere l'indirizzo?» chiese a Raquel, appuntando il nome della via sotto il brano che aveva appena finito, in cui la traduttrice alzava lo specchio che la giuria le aveva concesso.

Entrare in un vicolo buio.

Dover ripetere quella scena dicendosi che non si trattava della stessa. Una donna può entrare in un vicolo buio in parecchi modi. Lei non era il topolino grigio che si arrende docile alle fauci del serpente. Grazie a Thiago le cose sarebbero andate diversamente. «Puoi e devi usarla», le aveva detto. «I proiettili non sono tracciabili.»

Nella sua stanza d'albergo, Raquel tirò fuori la pistola per l'ultima volta e la soppesò tra le mani. Per un momento si passò lentamente la canna lungo il braccio. Poi arrossì e la rimise nella borsetta.

Emma spalancò la porta con i sandali slacciati. Non aveva tempo di occuparsene mentre Miles tirava la maniglia e diceva che se usciva da quella stanza tra loro era finita.

«Ho fatto tutta questa strada per te», ribadì.

Emma replicò che anche lei aveva fatto molta strada, solo in una direzione diversa. Disse che non avrebbe voluto trattarlo in quel modo. Avevano corso l'una accanto all'altro per cinque anni, mischiando i loro respiri lungo il perimetro della scialba città industriale in cui vivevano. Respirare accanto a un'altra persona per tutti quei chilometri era stata un'impresa incredibile. Ciò nonostante, come spesso accade con le imprese incredibili, le corse erano diventate un peso. A un certo punto avevano smesso di ridere e non si fermavano più a osservare gli uccelli sul ponte. Non poltrivano più a letto invece di uscire a correre, non leggevano mai insieme. Continuavano a correre sempre più forte, fermandosi a bere soltanto se avevano un crampo. Emma sapeva che probabilmente si stava condannando a un'infelicità ben più terribile, ma in quel momento non voleva pensarci.

«Mi spiace, Miles. Mi spiace davvero», ripeté chiudendosi la porta alle spalle.

Senza Emma, lui non sapeva cosa fare. Pensò alla veranda un po' sghemba della loro casa di Pittsburgh. Al postino Alton, che arrivava puntuale ogni mattina e faceva scivolare cataloghi e bollette attraverso la feritoia della porta. Ai loro gatti soli e inquieti, che trascinavano in giro per casa le buste sempre più numerose. Emma non parlava sul serio. Se

171

fosse riuscito a convincerla a partire con lui, se ne sarebbe resa conto.

Tirò fuori dallo zaino lo spray per lenti e si accinse a pulire gli occhiali da sole, che versavano in condizioni pietose. Alcune macchie erano così incrostate che dovette grattarle via con le unghie. Eppure non dubitò di poterle eliminare.

E ci riuscì: tutte tranne una.

L'unica luce nel vicolo era quella della luna, che rischiarava fiocamente i cumuli di immondizia a ridosso dei bidoni. Emma udì un rapido zampettare e un tintinnio, ma non riuscì a capire chi li avesse provocati, se un topo o un animale più grosso. I mucchi bitorzoluti puzzavano di tutto ciò che finisce nei vicoli: cibo marcio e feci fresche. Gli odori si mescolavano, diventando sempre più tossici nell'afa estiva.

«So che non sei d'accordo», sussurrò a Raquel, «ma siamo ancora in tempo per chiamare la...»

Raquel le tappò la bocca, poi le afferrò le dita. Emma pensò che volesse confortarla, finché non le spinse la mano contro la borsetta di pelle per farle sentire che cosa c'era dentro.

«Oh, mio Dio», disse in inglese, e il terrore che il portoghese era riuscito ad arginare le dilagò dentro. Andando lì aveva varcato un confine importante. Raquel le aveva dato più di un'occasione per tirarsi indietro, ma lei si era invischiata in quella storia giorno dopo giorno, ingannando Rocha riguardo al riscatto. Sebbene l'avesse fatto per Marcus, ad attirarla era stata anche la prospettiva di superare il limite, di...

Clap!

Una porta si aprì di scatto alla loro destra, dietro i bidoni. Raquel si aggrappò al braccio di Emma. Una colonia di scarafaggi sciamò al centro del vicolo, zampettando sulle infradito di Marcus mentre lui barcollava oltre l'uscio. Aveva la maglietta sporca di sangue secco e qualcosa legato in

173

cima alla testa. Sembrava un sacchetto di iuta fissato al collo con uno spago sottile.

Raquel gli corse incontro. Emma si bloccò per non disturbarli. O forse perché l'aveva già vista, l'ombra dell'uomo che avanzava alle spalle di Marcus, sempre più grossa, il braccio che andava alla cintura dei pantaloni per...

lo scatto nauseante
di un grilletto

il primo colpo e il sacchetto immobile
Marcus che scivola sull'immondizia
le cartacce e le blatte
la fasciatura sul viso

poiché la prerogativa delle ombre
è la mancanza di dettagli
è impossibile stabilire con precisione quanto siano
grandi o vicine

Marcus che grida

Raquel che si divincola nella stretta dell'uomo

Emma con le spalle al muro che valuta
se muoversi e

Se c'è una pistola sul tavolo
deve sparare per forza

Ma se la pistola è dentro una borsetta
se ci sono due pistole
e la protagonista non sta impugnando nessuna delle
due

Se il graffito sul muro di fronte
è enorme e rosso

LUISA FLAKS ERI L'UNICA
L'UNICA L'UNICA

O forse sul muro era scritto un altro nome
o nessun nome   solo un intrico di linee
                che somigliavano a lettere
e la sua testa fece il resto

Raquel respirò il *bacalão* sulle dita dell'uomo
        piantò i denti
        nel palmo ruvido

    finché non li sentì bucare la pelle
    finché non assaporò quello
    che sta sotto la pelle
    il sangue
        che cominciò a
e lui cominciò a

        Non era mai stata bellissima
        o troppo corteggiata
        ma neppure debole   neppure vigliacca
        o folle
               fuori di testa

L'uomo alle sue spalle
la agguantò per i capelli
e tirò forte
           se c'è una pistola dentro una borsetta
           se i proiettili non sono tracciabili
il dito premette il grilletto
e il grilletto scattò

Emma sentì il rinculo lungo la spina dorsale, il boato dei colpi che le risuonava in testa. Eppure era ancora in piedi, con le spalle al muro, ancora abbastanza lucida da vedere lo sgherro di Flamenguinho spalancare la porta e scomparirvi oltre.

Da un sacco dell'immondizia si alzò un filo di fumo. Un'esplosione di frammenti di plastica e cartone, un altro sciame di scarafaggi. A pochi metri di distanza Marcus, sdraiato sulla schiena, si contorceva tenendosi stretta la gamba. Questa volta Emma non pensò a Raquel. Corse da lui, ma Rachel era più vicina e fece più in fretta, tenendola a distanza con il braccio teso. «Sta' indietro!» le gridò. «Ho appena sparato a mio fratello, per carità di Dio.»

Emma si inginocchiò comunque accanto a Marcus, provò a slacciare la fasciatura che aveva intorno alla testa, ma lui non stava fermo e il nodo era troppo stretto. Una gamba dei pantaloncini si stava impregnando di sangue che a ogni movimento si scuriva più in fretta. «Dobbiamo procurarci qualcosa per fermare l'emorragia», disse. «Usiamo la mia canottiera. Fece per togliersela, ma Raquel le ingiunse di piantarla.

«Fuori dai piedi», disse estraendo dalla borsetta una benda di cotone.

Mentre lei fasciava il fratello, Emma avvertì qualcosa strisciarle sulla gamba, ma imputò la sensazione alla vista della pozza di sangue che si allargava intorno a Marcus. Poi il topo le sfiorò la mano con la coda glabra, e lei cacciò uno strillo.

«Ho detto fuori dai piedi!» urlò Raquel, e questa volta Emma obbedì. Quando arrivò l'ambulanza con i paramedici, non si mosse. Fu Raquel a spiegare l'accaduto. Con tutta quella gente che si parlava addosso era difficile seguire la conversazione. Le ruote della barella incespicavano nella spazzatura. Qualcuno tagliò il sacchetto di iuta legato intorno al capo di Marcus, ed Emma vide come l'avevano ridotto prima che fosse portato via, prima che Raquel saltasse sull'ambulanza dietro i paramedici e a lei non rimanesse altra scelta che stare a guardare. Lei era capace di tenere le giuste distanze, di ritirarsi in segno di rispetto pur essendo presente. Sapeva come rendersi disponibile senza disturbare. Come indietreggiare in silenzio fino ad appiattirsi contro il muro lercio.

Per l'ennesima volta, amici, Beatriz Yagoda ha spaccato il *bunda* alla letteratura brasiliana. Non sappiamo ancora dove sia, ma qui a Radio Globo abbiamo appena ricevuto una notizia bomba: sta per uscire il suo nuovo libro! Qualcuno deve sapere dove si nasconde.

Scommettiamo che la fila nelle librerie sarà più lunga di un anaconda e che presto sarà necessario mettere in cantiere una ristampa? Allora fate una cosa, amici: infilatevi un paio di pantaloni e andate dritti alla libreria più vicina. Potreste anche saltare la parte dei pantaloni, ma se verrete arrestati o assaliti mentre leggete nudi sull'autobus non dite che non vi avevamo avvertito.

Le immagini c'erano tutte. Rocha non doveva fare altro che dare a ciascuna il giusto spazio. Così rispose ai giornalisti che avevano ricevuto le bozze del nuovo libro e continuavano a chiamarlo per sapere dove fosse Beatriz. Nel negare loro l'informazione, Rocha provava un sottile piacere perverso. Anche la reticenza era un'arte. Ma quando le domande riguardavano il libro e il lavoro di revisione si innervosiva. Non ricordava nei dettagli le correzioni che aveva fatto sul volo di ritorno da Salvador. Nella sua memoria c'era soltanto l'incanto di quelle ore, l'emozione di starsene sospeso nel cielo con una penna in mano, rivedendo ogni frase fino a liberarne la perfezione intrinseca.

Ripensandoci, anche questo gli dava il voltastomaco, mentre indugiava nell'atrio di marmo del suo palazzo tenendo in mano il pacchetto che gli era stato recapitato quella mattina. All'interno, avvolto in uno strato di plastica a bolle, c'erano un coltello da due soldi con la lama incrostata di sangue e un biglietto:

BOA TARDE, PAPARINO.
CI SEI QUASI.
ALTRI DUECENTOMILA E NON TORCERÒ UN CAPELLO AL TUO AMICO FINOCCHIO
CON LA BICICLETTINA ROSSA.

Accartocciando il foglio, Rocha cominciò a tremare. Considerato il suo quintale abbondante non era un'impresa facile, ma non riusciva a impedire alle sue gambe di vacillare. Alessandro lo aveva avvertito: dopo la pubblicazione del libro, prima o poi lo strozzino avrebbe capito chi ci aveva guadagnato, chi aveva calato il secchio vuoto e lo aveva tirato su pieno. Ma lo strozzino era un bruto, un povero ignorante. Uno strozzino non sapeva nulla di letteratura. Non poteva immaginare fino a che punto un editore fosse disposto a spingersi per un autore che non gli faceva rimpiangere tutte le ore trascorse alla scrivania.

O forse il povero ignorante era stato lui, a pensare che la storia sarebbe finita con la liberazione di Marcus. Quello non era che l'inizio. La premessa a chissà quanti rapimenti. Quel pomeriggio, o l'indomani, sarebbe toccato ad Alessandro. Ogni minuto trascorso per strada sarebbe stato contaminato dall'angoscia.

Con Marcus ancora in ospedale, informare Raquel della nuova minaccia sembrava un gesto crudele. Lei però era adulta e vaccinata, e la causa di tutto era stata la compulsione al gioco di sua madre. Reggendo il pacchetto in una mano, Rocha estrasse di tasca il cellulare. I pensieri andavano così veloci che fu costretto a fare una pausa e a ripetere mentalmente le parole.

«Sono Roberto», esordì.

Raquel snocciolò subito una litania di lamentele: sul tempo che i medici avevano impiegato per drenare l'orecchio di Marcus e fargli gli esami del sangue, sui poliziotti che non li lasciavano in pace. «Adesso dentro c'è un ispettore, ma Marcus non è nelle condizioni di subire un interrogatorio. Gli ho detto che deve riposare. È scandaloso che i giornalisti ci facciano la posta fuori dall'ospedale per seguirci fino a Rio. Insomma, povero Marcus...»

«Raquel, ora non puoi farci nulla. Devi collaborare con la polizia. E poi, chissà, magari l'attenzione dei media li costringerà a darsi da fare. Nel frattempo ho ricevuto un pacchetto con dentro un coltello sporco. Credo sia il sangue di tuo fratello.»

Sull'immacolata porta a vetri che dava su avenida Delfim Moreira, nel cuore patinato di Leblon, Rocha notò il suo riflesso imponente, ormai così simile a quello del padre che negli anni dell'adolescenza lo aveva praticamente ignorato, fatto salvo qualche debole tentativo di ricordargli che le sue inclinazioni lo avrebbero condannato a qualche malattia terribile, o perlomeno a una solitudine devastante.

All'altro capo Raquel cominciò a singhiozzare, e lui le disse che doveva andare ma che avrebbe risolto la faccenda. Avrebbe trovato il modo.

ISPETTORE LUCIO DE SANTOS: So che non hai voglia di rispondere alle nostre domande, figliolo, ma devi capire che nonostante tutto sei un ragazzo fortunato. Ti è rimasta pelle a sufficienza per un orecchio nuovo di zecca. Tra sei mesi te lo attaccheranno. Prenderanno la cartilagine dalle costole, lo sapevi? Conosci la storia di Adamo ed Eva?

VITTIMA: [nessuna risposta]

ISPETTORE DE SANTOS: Senti, mi rendo conto che per te sono un estraneo, ma non puoi fare scena muta. Hai detto che ti avevano legato una benda sugli occhi. Poi a un certo punto te l'hanno tolta, giusto?

VITTIMA: Quando mi hanno tagliato l'orecchio. Ve l'ho già detto.

ISPETTORE DE SANTOS: E poi?

VITTIMA: Ho visto il machete.

ISPETTORE DE SANTOS: Quindi hai visto anche il tipo che ce l'aveva in mano, giusto? Sapresti riconoscerlo da una fotografia?

VITTIMA: E a cosa servirebbe? Il Brasile è pieno di sicari.

ISPETTORE DE SANTOS: Be', esiste un sistema giudiziario, figliolo, e noi stiamo facendo del nostro meglio per...

VITTIMA: Sono stanco.

ISPETTORE DE SANTOS: Lo capisco, figliolo. Però forse puoi dirmi se mentre ti fasciavano l'orecchio hai visto...

VITTIMA: Non me l'hanno fasciato. Mi hanno dato una garza e una ciotola d'acqua sporca e se ne sono andati.

ISPETTORE DE SANTOS: E poi? Quando sono tornati?

VITTIMA: Subito dopo sono svenuto. Ve l'ho detto.

ISPETTORE DE SANTOS: Giusto. Be', con il trauma che hai subito è difficile stabilire se tu non abbia visto un bel niente oppure preferisca non ricordare. Capisci cosa voglio dire?

VITTIMA: [nessuna risposta]

ISPETTORE DE SANTOS: Tua madre è al corrente di quello che ti è successo?

VITTIMA: [nessuna risposta]

ISPETTORE DE SANTOS: Hai idea di dove potremmo trovarla?

VITTIMA: [nessuna risposta]

Uno stormo di aironi bianchi come petali si posò sull'acqua del laghetto dell'Hospital Aliança da Bahia. Era il secondo giorno che Raquel andava a guardarli. In riva allo specchio d'acqua c'era una panchina, ma era sempre occupata da un ometto brizzolato con un libro in mano, e lei non voleva avere niente a che fare con i libri e con chi ci perdeva tempo. Al loro ritorno a Rio, tutti i suoi conoscenti avrebbero parlato del romanzo pubblicato da Rocha e (a meno di non fermare Flamenguinho) del probabile sequestro del suo compagno.

Per far stampare il volume in due giorni e inviarlo a poche librerie selezionate Rocha aveva sborsato una cifra esorbitante. Il titolo che aveva scelto, *Dopo il vicolo*, non avrebbe riscontrato i gusti di sua madre, ma forse era meglio così. Con i loro doppi sensi, i titoli di Beatriz l'avevano sempre messa in imbarazzo: *Sai che gusto hanno le farfalle, Il tiepido rumore verde della tua manica*. Beatriz pensava che gli errori e i fraintendimenti avessero una loro bellezza. Ma cosa c'era di bello nel fatto che aveva sparato per errore a suo fratello o nella compulsione di sua madre a scommettere soldi che non aveva? Cosa c'era di bello nel buco incrostato di sangue su un lato della testa di Marcus?

Aveva voglia di chiamare Thiago, ma non avrebbe sopportato di sentirlo scherzare sulla sua pessima mira. L'uomo della panchina era chino sulla pagina, così assorto che ogni sua molecola sembrava racchiusa nel libro che teneva in grembo. Anche sua madre leggeva con lo stesso abbandono. Raquel non ne era mai stata capace. Non riusciva a

189

rilassarsi. Non avrebbe mai permesso a un libro di minare il senso di identità che si era costruita con tanta cura.

Eppure era stato un libro a distruggerla, un libro che lei stessa aveva stampato al computer. L'aveva messo nelle mani di Rocha, e adesso tutti avrebbero saputo che non sarebbe dovuta nascere. Quanto tempo ci aveva messo Beatriz a considerare bello quell'errore o la figlia che ne era derivata?

Cercò il telefono nella borsetta, come se la domanda giusta potesse farlo squillare.

Alessandro dormiva accanto a lui da ore, ma Rocha era troppo nervoso per prendere sonno. Aveva chiamato i due servizi di sicurezza illegali consigliati da sua sorella, che lo aveva rimproverato di aver messo in pericolo la famiglia a causa di una scrittrice che giocava d'azzardo. Rocha non le aveva chiesto scusa, e la sorella non lo aveva preteso. Non erano quel tipo di famiglia, però aveva ragione lei. Rocha aveva passato il limite. Era cominciato tutto con la traduttrice, in albergo. Appena aveva saputo che il nuovo manoscritto di Beatriz si trovava lì, nella sua stanza, aveva iniziato a sbavare come un cane. Aveva agito con lo stesso bieco istinto di un animale. E ora rischiava di perdere tutto: il suo nome, l'amore della sua vita, il suo patrimonio.

Disgustato, si alzò e andò in cucina. Era quasi l'alba. Passò in rassegna la posta del giorno prima, notando una piccola busta azzurra sommersa dalle bollette. Il timbro dell'ufficio postale portava il nome di Boipeba, l'isola più piccola dell'arcipelago di Tinharé, al largo della costa di Salvador. Era il luogo dove si chiudeva la versione finale di *Dopo il vicolo*. La scena che aveva scelto per l'ultima pagina non era quella della prima stesura, ma lui credeva fermamente che fosse quella giusta e che Beatriz sarebbe stata d'accordo con lui. Aveva lasciato la donna in riva all'oceano insieme alla bambina, mentre l'uomo che non era il padre dormiva nella loro stanza d'albergo, ignaro. Il riflesso del sole sulla sabbia era così violento che la donna diceva alla bambina di chiudere gli occhi.

Rocha aveva esitato a tagliare le ultime pagine. Al pensie-

191

ro agitò nervosamente il pollice, tagliandosi la pelle contro il bordo affilato della busta. Quella maledetta donna! Non avrebbe più ceduto alle sue richieste.

Tirò fuori il biglietto e guardò subito il nome scritto in fondo: Yolanda. Anche su quel racconto avevano discusso parecchio. Lui era convinto che la raccolta contenesse già troppe storie di autolesionismo, e il personaggio di Yolanda era un'adolescente. Nei libri le adolescenti sono ancora più irritanti che nella realtà. Offuscata dalla malinconia, Yolanda decide di fingersi sorda. Ci crede così tanto che non sente, o finge di non sentire, il boato dei soldati che si avvicinano a casa, il padre che le urla di scappare e di nascondersi nel granaio. Continua a ritagliare frammenti dalle riviste di sua madre, la parola «brillare» e l'immagine di una finestra. Maneggia le forbici con delicatezza, quasi stesse tagliando la benda sopra una ferita.

Querido *Roberto*,
il silenzio qui è totale.
Avevi ragione: è il posto giusto dove finire le cose.
Per favore, di' a Raquel che la aspetterò all'albergo con gli ombrelloni gialli.

Yolanda

Alle quattro di mattina Emma entrò in camera e trovò Miles che russava nel suo letto e i boxer di Marcus nel cestino della spazzatura. Non era difficile sovvertire la posizione dei boxer. Senza far rumore li tirò fuori dal cestino e li ripose nella tasca interna della sua valigia.

In compenso spostare Miles sarebbe stata un'impresa, e lei si sentiva esausta. La veglia al pronto soccorso in attesa di notizie l'aveva spossata. Ogni volta che vedeva un'infermiera le chiedeva di Marcus o di avvisare Raquel che lei era ancora lì. Le infermiere si limitavano ad annuire educatamente. Alla fine una aveva ceduto e le aveva comunicato che Marcus non era più in pericolo di vita. A ridosso dell'alba, Raquel finalmente era uscita. Erano stati necessari due interventi e una trasfusione di sangue, ma ora Marcus era salvo e sotto antibiotici. Con tutta probabilità non si sarebbe svegliato prima di mezzogiorno. Secondo Raquel era inutile che lei restasse, perciò era tornata in albergo, nonostante il suo corpo desiderasse il contrario.

Per anni aveva inseguito la precarietà. Si considerava destinata a un'esistenza sospesa, in bilico tra due paesi, dentro la foschia di due lingue. Ma una libertà troppo evanescente si trasforma facilmente nell'esatto opposto. Ora si sentiva prigioniera del suo nomadismo come certe persone si sentono incatenate alla città dove sono nate.

Fissò l'uomo che russava nel letto. Aveva dormito accanto a lui per anni, ma ora non ci riusciva più. Le sue gambe indietreggiarono verso la porta. In corridoio, appena fuori dalla stanza, crollò sul pavimento. La moquette era ruvida e gibbosa come un prato artificiale. Però non aveva alternative. Non poteva permettersi un'altra stanza. La somma sul suo conto corrente non superava le tre cifre, e adesso aveva un gran bisogno di stendersi un momento, di chiudere gli occhi e continuare la scena interrotta sul suo quaderno. Al calare della sera, lo spettro della traduttrice è un po' più nitido, forse per effetto delle luci nell'aula di tribunale. L'autrice è l'unica persona che potrebbe testimoniare a suo favore, dire alla giuria che...

«*Senhora, você precisa de um médico? Você caiu?*»

Emma aprì gli occhi e si ritrovò davanti alla faccia un paio di sandali con il tacco alto. I fili d'erba le avevano lasciato segni sulla guancia e sulle gambe. No, non era erba. Era moquette. Si trovava ancora nel corridoio. Alzò gli occhi e vide che i sandali appartenevano a una donna dal viso gentile, con un forte accento di São Paulo. Le chiese come si fosse procurata il taglio sul sopracciglio e si offrì di chiamare un dottore.

«La ringrazio, ma non ce n'è bisogno.» Emma provò ad alzarsi per dimostrare che non era né malata né pazza, ma il suo piede destro si era trasformato in un sacchetto di sabbia. «Deve scusarmi», disse allora.

La donna l'aiutò a rimettersi in piedi.

«Questa è la mia stanza», aggiunse Emma. Per dissipare ogni dubbio, bussò brevemente e con decisione.

Miles aprì all'istante, già vestito, rasato e furioso. «Hai una cera orrenda. Dove sei stata?» le chiese.

«Da nessuna parte», rispose Emma. «Proprio da nessuna parte.»

E poi era già mezzogiorno. Il mezzogiorno vivido e sfolgorante del Brasile. Mentre entrava nel reparto di traumatologia e poi in camera, Emma aveva ancora gli occhi accecati dal sole. Le ci volle un po' per mettere a fuoco lo sfacelo di punti e lividi che aveva rimpiazzato il viso di Marcus. Il lato destro della mascella era un cuneo di carne viva.

«Chiudi la porta», ordinò Raquel dalla sedia.

Emma obbedì, contenta di avere un pretesto per distogliere lo sguardo da Marcus e mostrare ciò che aveva portato. «I vestiti li metto qui sul tavolo? Ci sono anche un po' di cioccolato e qualche mango...»

«Adesso è ancora sofferente», la interruppe Raquel. «Non puoi sederti e basta?»

«Certo. Mi spiace.» Emma si strinse la borsa al petto non sapendo dove mettersi. Nella stanza c'era soltanto una sedia, ed era occupata da Raquel. «Forse è meglio se torno più tardi», disse.

«No, resta. Ho bisogno di andare a mangiare qualcosa.» Raquel si alzò, lasciandole il posto in silenzio. La sedia si trovava sul lato opposto rispetto all'asta portaflebo. Quando Raquel uscì dalla stanza, Emma premette le labbra sulle dita di Marcus. Il suo braccio sembrava più pallido, le vene sottopelle erano in rilievo.

«*Minha tradutora*», sussurrò lui, ed Emma gli disse quanto aveva aspettato in sala d'attesa, quanto avrebbe desiderato salire sull'ambulanza, ma sua sorella... «Lo so.» Marcus chiuse gli occhi.

Ora gli era abbastanza vicina da vedere le croste agli an-

197

goli della bocca, la lunga fila di punti che tagliava il lembo di pelle gonfia, il poco che rimaneva del suo orecchio. La brutalità di quella violenza le dava la nausea. E poi c'era il pensiero che Beatriz venisse a sapere cos'era successo a suo figlio. O che non venisse mai a saperlo.

«La troverò per te», gli disse.

«Toglitelo dalla testa. Neanche Raquel deve provarci. Siamo stati ingenui», replicò Marcus nel tono più amaro che gli avesse mai sentito. «Dovevamo nasconderci come ha fatto lei, o lasciare subito il paese.»

Emma provò una stretta al cuore. «Adesso te ne andresti?» gli chiese.

Marcus alzò le spalle. «Non avrebbe senso», disse. «Mi hanno già punito. Ora sono un uomo senza un orecchio.»

Alla parola «orecchio» ritrasse la mano da sotto quella di Emma e chiuse gli occhi. Ogni frase di conforto sembrava inadeguata, così lei restò in silenzio. Non sapeva nemmeno cosa guardare. Certo non l'orecchio fasciato. E nemmeno il collo costellato di tagli freschi nei punti in cui lo spago aveva abraso la pelle.

«Il libro», disse Marcus senza aprire gli occhi. «L'hai portato con te?»

«Sì.» Emma frugò nella borsa. «Non ero sicura che volessi ascoltare le parole di tua madre...»

«Intendevo il tuo. Quello che stai scrivendo.»

Emma si chinò su di lui come quel pomeriggio sul traghetto, con il vento umido che le sferzava la schiena. Quando Marcus si allungò a sfiorarle le labbra, le macchine emisero un *bip* intermittente.

«Dev'essere il rilevatore della libido», disse lui, ma il rumore non cessò. Al contrario, si fece più acuto e insistente. La baciò ancora, ed Emma spostò il peso sul polso, in preda al vago timore che qualcuno entrasse nella stanza e la sorprendesse lì, troppo sdraiata sul letto per riuscire a ricomporsi abbastanza in fretta.

La notizia di oggi è che un altro povero *rapaz* di Minas è stato sbattuto al fresco, amici. In tempo record, la polizia ha annunciato di avere arrestato il sequestratore del figlio di Beatriz Yagoda. Solo che il povero *rapaz* in questione non è neppure in grado di scrivere il proprio nome. E allora qui a Radio Globo ci chiediamo: chi ha scritto le richieste di riscatto? È possibile che uno strozzino pieno di soldi abbia un precedente per furto di benzina?

E così, amici, il grande circo della giustizia brasiliana fa il suo corso.

Raquel venne a sapere dell'arresto nella sua camera d'albergo. Seduta sul letto, stava finendo di mangiare un panino molliccio comprato al bar dell'ospedale mentre scriveva un messaggio a Thiago. Se faceva almeno tre cose contemporaneamente, quei pasti in solitudine le sembravano meno squallidi.

«Mi sa che il tipo non riuscirebbe nemmeno a sequestrare il piatto di riso e fagioli che ha sotto il naso», scrisse a Thiago.

Buttò giù l'ultimo boccone e rilesse il testo, pentendosi immediatamente di averlo inviato. Dopo la storia della pistola, Thiago si era eclissato. Impiegava ore a rispondere ai messaggi e quando lo faceva scherzava sul fatto che l'avrebbe rimpiazzata con Enrico se non fosse tornata il prima possibile. L'inetto e presuntuoso Enrico, che era l'argomento preferito delle loro pause pranzo.

«La polizia è convinta che l'arresto possa favorire il ritorno della popolare scrittrice Beatriz Yagoda», dichiarò l'annunciatrice scostandosi la frangia dalla fronte. Raquel spense la tivù. Lasciò cadere per terra il telecomando e poi il cellulare, che si mise a squillare all'istante. Si gettò carponi sulla moquette, cercando disperatamente di recuperarlo.

Era soltanto Rocha. Con la solita voce distaccata, la informò di aver ricevuto una lettera di sua madre dalla remota isoletta di Boipeba. «Vorrebbe incontrarti lì», disse.

Raquel guardò i suoi vestiti sporchi sul pavimento: le canottiere impregnate di sudore, i reggiseni ingialliti. L'unico abito di lino decente che aveva portato era macchiato in due punti, ma lei aveva continuato a indossarlo. Aveva perfino cominciato a riciclare la biancheria intima.

Rocha disse che la missiva era molto stringata, e Raquel annuì, senza rendersi conto che aveva cominciato a piangere finché non si ritrovò ad asciugarsi le lacrime. «Crede che basti mandare un bigliettino al suo editore per farmi saltare sul prossimo traghetto per Boipeba?»

«Mia cara, sta a te decidere cosa fare di questa informazione.»

«Davvero? Perché non è che mi senta particolarmente libera.» Raquel aprì di scatto il cassetto della scrivania per prendere il taccuino. «Come si chiama l'albergo?»

«Ho chiesto alla mia assistente di fare qualche ricerca e sono quasi sicuro che la troverai al Pousada do Sol. Tua madre ha scritto soltanto che alloggia all'albergo con gli ombrelloni gialli.»

«Ha specificato soltanto il colore degli ombrelloni? *Puta que o pariu!*»

Raquel crollò sul letto. Sapeva che un uomo come Rocha non tollerava gli scoppi d'ira. Doveva darsi una calmata. L'editore era la loro unica ancora di salvezza.

«Cosa faccio con mio fratello?» Non poté impedirsi di alzare la voce. «Lo affido alla traduttrice? Emma non sa un fico secco degli ospedali brasiliani.»

«Vedrai che se la caverà», disse Rocha. «Ora devo proprio andare, mia cara. *Um beijo.*»

Rimasta sola con i resti mollicci del panino, Raquel si affidò al telefono come facevano tutti quelli della sua generazione. Mosse le dita sullo schermo e cominciò a raccogliere informazioni.

C'era un catamarano per Morro de São Paulo. Da lì doveva prendere un motoscafo. Apparentemente non esisteva una via diretta, ma con sua madre era sempre stato così. Cercò gli orari di partenza del catamarano e il caso voleva che ce ne fosse soltanto uno, alle dieci di mattina.

Aveva cinquantatré minuti per prenderlo.

Caso: [dal latino *cadere*] **1.** Forza in grado di scatenare eventi imprevedibili o incontrollabili: «Riuscì a trovare sua madre solo grazie al caso e a un ombrellone giallo». **2.** Un insieme di circostanze propizie ma effimere. *Si veda anche*: scommessa, azzardo.

Quando arrivò alla banchina, la sirena del catamarano stava già suonando. Il motore faceva ribollire l'acqua del porto. Raquel implorò il bigliettaio di aspettare, trascinando a fatica il trolley sopra le assi. Lui le fece cenno di calmarsi, di rallentare – c'era ancora tempo –, ma una volta spiccata la corsa Raquel non riuscì a fermarsi. Stava ancora ansimando quando l'uomo sistemò il suo bagaglio a bordo e le disse di rilassarsi. Non era l'ultima: un tizio era appena sceso da un taxi alle sue spalle.

«Ha accostato proprio dopo il suo», le spiegò.

«E ora vuole salire a bordo?» Raquel sentì un nodo in gola. «Le darò quaranta *reais* se alza la passerella in questo preciso istante. La prego.» Gli afferrò il braccio sottile percorso da vene bluastre. Era un uomo anziano con le sopracciglia bianche e ispide e rughe profonde intorno alla bocca. «Il mio ex fidanzato mi pedina. È un violento», aggiunse frugando nel portafoglio in cerca di contanti. Porse all'uomo sessanta *reais*.

«*Está bom, menina*», replicò lui sollevando rapidamente la passerella.

Mentre il catamarano si allontanava, Raquel si impose di non guardare. Non voleva che quel viso la perseguitasse in eterno. Ripensò alle pagine scritte da sua madre e si chiese se lei fosse stata capace di tenere gli occhi chiusi. Il bordo smussato della banchina era ormai alle loro spalle.

Scivolavano leggeri sull'acqua, seguendo la loro rotta.

Pur vivendo di fronte all'oceano, Rocha non si fermava mai a guardarlo. Odiava gli stereotipi, eppure quella mattina non riuscì a resistere. La guardia del corpo che aveva temporaneamente assunto per sé e per Alessandro si bloccò a pochi passi di distanza. Essere seguito tutto il giorno era snervante, ma avrebbe dovuto sopportare fino alla scadenza del contratto. Aveva sempre dato per scontato la propria libertà.

Si era scordato di quella meravigliosa brezza, di come fosse necessario stare immobili per apprezzarla completamente, sebbene in quel momento in verità non pensasse all'oceano bensì a Raquel che lo stava attraversando, a quanto ci avrebbe messo a raggiungere l'isola di Boipeba. Era una ragazza un tantino isterica, ma immaginandola tutta sola su un traghetto pieno di turisti provò pena per lei.

Anche se avesse trovato sua madre, la conversazione (o la sua totale assenza) sarebbe stata straziante. Beatriz avrebbe fissato qualche oggetto assurdo abbandonato sulla spiaggia – un cucchiaio di plastica sepolto nella sabbia, la mano di una bambola rotta, un uccello in agonia – e Raquel avrebbe registrato il suo sguardo perso all'orizzonte con un moto di fastidio, pretendendo molto di più da lei. E chi poteva biasimarla? Non aveva anche lui preteso di più da Beatriz? Non l'avevano fatto tutti, in un certo senso?

Miles restò. Emma non aveva avuto il coraggio di cacciarlo fuori dalla stanza, ma si era rifiutata di cedere alle sue richieste. L'unico pasto che consumavano insieme era la colazione. Subito dopo Emma andava in ospedale, e Miles faceva vasche su vasche nella piscina dell'albergo o usciva a correre quando il sole era ancora abbastanza caldo da scottargli la fronte e la punta delle grosse orecchie. Un giorno, a colazione, Emma gli illustrò i vantaggi di un cappello, raccontando di come lei stessa all'inizio fosse stata riluttante all'idea.

Miles lanciò un'occhiataccia al cameriere. «Non fa altro che starsene impalato sulla porta a fissare l'oceano. Ecco perché qui ti senti a casa. Questa gente se ne sbatte se c'è qualcuno che li aspetta.»

Emma gli rivolse un sorrisetto teso. Non esisteva un momento giusto per comunicargli che di lì a poco Marcus sarebbe stato dimesso.

Alla notizia, Miles cominciò ad affettare oggetti invisibili sul tavolo con il coltello da burro. «Non puoi continuare a fingere che questa sia la tua vita», le disse.

«È stata la mia vita per anni.»

Chop, chop, chop, faceva il coltello. Un bambino che vendeva fiori fatti di conchiglie laccate si avvicinò al loro tavolo. Il cameriere si materializzò all'improvviso per comunicare che quel giorno non avrebbe potuto servire il caffè espresso. La macchina aveva un problemino. I signori gradivano forse un tè?

L'acqua intorno all'isola di Boipeba non poteva nascondere nulla. Mentre il catamarano rallentava e attraccava, Raquel osservò il fondale: gusci rotti di conchiglia che vorticavano al passaggio della barca, pesciolini luccicanti che guizzavano tra le canne. Sul lungomare, il turismo inghiottiva ogni cosa. Provò a concentrarsi sugli alberghi e sugli ombrelloni, ma fu distratta dall'orda di asini, stranieri e gente del posto che cercava di tirare su qualche dollaro.

«*Senhora, a bagagem!*» strillò un uomo intento a caricare il proprio asino, indicando gli escrementi freschi dell'animale su cui Raquel aveva appena fatto scivolare le ruote della valigia.

Era tutta la settimana che João teneva d'occhio la signora rotondetta con il soprabito. Sebbene a Boipeba piovesse di rado, se lo portava sempre appresso come una borsetta o un cagnolino. A prima vista, con quella pelle candida e gli occhi chiari, gli era sembrata una straniera. Però parlava un perfetto portoghese brasiliano e non gli aveva chiesto dell'aria condizionata o del wi-fi, le prime due cose su cui i turisti lo interrogavano. Si era informata soltanto del prezzo settimanale di una camera, poi aveva acceso un lungo sigaro Dannemann, come se da un'anziana donna robusta con un soprabito su una remota isola tropicale non ci si potesse aspettare altro. Seguendolo fino alla stanza era stata così silenziosa da far dubitare della sua presenza, non fosse stato per l'odore aromatico del sigaro.

Da allora aveva trascorso i pomeriggi a fumare. Sceglieva un punto sotto gli ombrelloni o sedeva a un tavolino di legno all'ombra delle palme. Ana, la donna che al mattino rifaceva le camere, l'aveva soprannominata la vedova Yolanda, ipotizzando che i sigari fossero appartenuti al marito. João non aveva mai visto una donna fumare un sigaro in pubblico con tanta disinvoltura, ma anche sua madre si comportava in modo bizzarro da quando il peschereccio era rientrato senza il marito. Faceva lunghi bagni nel cuore della notte, oppure trascorreva ore e ore a fissare un bidone dell'immondizia o una crepa sulla parete, come se avessero lo stesso potere ipnotico delle onde.

Mario, il proprietario dell'albergo, che era stato a Rio parecchie volte, diceva che la donna un tempo doveva essere stata un vero schianto. Era un peccato che si fosse trascurata fino a diventare una cicciona immusonita. Affermava che le brasiliane erano famose per essere sexy anche dopo i cinquanta. Con quegli occhi verdi e i capelli grigio-ramati, Yolanda avrebbe trovato un altro marito senza problemi se solo si fosse messa un po' in tiro.

Lì sull'isola la vedova Yolanda si era completamente lasciata andare. Ogni mattina sembrava un po' più disperata. Il secondo giorno si era alzata da tavola senza aver toccato il pranzo. Il terzo si era seduta sugli occhiali incrinando una lente. Aveva chiesto a João del nastro adesivo per ripararla, ammettendo poi di non riuscire a vedere granché.

Il venerdì mattina una giovane donna irruppe in sala da pranzo durante la colazione, corse verso la finestra e strillò: «Mamãe!». Tutti gli ospiti seduti agli altri tavoli si voltarono a guardare.

Al tocco della figlia, la vedova rabbrividì come un'anguilla appena sventrata da un coltello. João avrebbe voluto distogliere lo sguardo ma non poté. Nessuno ci riuscì. La giovane sfiorò gli occhiali rotti e il soprabito lurido della madre, poi scoppiò a piangere. Vedendo Yolanda accanto alla figlia, che non era certo una bellezza, João capì che Mario aveva ragione riguardo alla vedova. Non erano solo gli occhi verdi e il naso da straniera dritto e sottile, che la figlia non aveva ereditato, ma anche i suoi gesti solenni: sembrava di osservare un leopardo non più nel fiore degli anni che si muoveva furtivo nella boscaglia. Erano tutti ipnotizzati, assorbiti dal pensiero della naturalezza con cui doveva aver cacciato un tempo.

Poi all'improvviso la vedova Yolanda si sciolse dalla stretta e fece un passo indietro, lasciando la figlia con il braccio sospeso a mezz'aria davanti a tutti. La giovane girò il viso come se avesse ricevuto uno schiaffo, e anche João guardò altrove, imbarazzato per lei. D'un tratto si diffuse nell'aria il fetore del letame fresco.

Guardando di nuovo verso di loro, João vide la figlia uscire a grandi passi dalla sala, con la madre alle calcagna. Non rientrarono in albergo fino a sera. João le avvistò sulla spiaggia: la vedova che soffiava fuori il fumo dei suoi lunghi sigari, le maniche del soprabito arrotolate sopra i gomiti lentigginosi, la figlia che parlava senza sosta. A colazione si sedevano al tavolo più isolato. João non riusciva a sentire cosa si dicevano, anche se a parlare e a torcersi le mani era sempre la giovane. La madre restava immobile come un leopardo: fumava, ascoltava.

Il pomeriggio del secondo giorno la figlia trascinò la valigia fino al porto. La vedova la seguì lentamente, con il soprabito in mano. Non avevano restituito la chiave della stanza né pagato le ultime due notti. Era compito di João correre dietro agli ospiti insolventi, eppure non riuscì a inseguire la vedova e quella sua figlia scialba. Se Mario si fosse arrabbiato con lui, avrebbe sempre potuto dirgli che non le aveva viste, che se n'erano andate alla chetichella. Mario sosteneva che la vedova fosse ebrea.

Però Yolanda non se ne andò. Quando la barca si staccò dal porto, a bordo c'era soltanto la figlia. La vedova restò a guardare ferma sulla banchina, mentre gli asini si muovevano pigramente tutt'intorno. Era ancora lì quando la barca tornò con un nuovo carico di turisti e lo scafista andò a pranzo. Il sole batteva feroce sulla sua sagoma morbida e triste, e João si chiese se lui stesso, o qualcun altro, avrebbe dovuto accompagnarla all'ombra, ma nessuno ebbe il coraggio di farlo. Lei non era quel tipo di donna.

Stare su una banchina in mezzo a un'orda di asini a osservare tua figlia che scivola via sull'acqua, lontano da te.

Vederla attraverso una lente frantumata.

Restare sveglia due notti a guardare dormire la tua bambina ormai adulta; una bambina costretta a crescere troppo in fretta, e per questo ruvida e forte come una vigna.

Studiare la donna in cui la bambina si è trasformata mentre dorme profondamente accanto a te.

Respirarla avidamente come aria, sorbirla come uno stufato per cui non esiste cucchiaio.

Vedere attraverso la lente rotta che tua figlia è a disagio anche nel sonno, che detesta il soprabito pesante che hai trovato su una panchina, sporco da far schifo ma con un paio di tasche molto utili.

Riempire quelle meravigliose tasche di sigari d'importazione tedesca.

Fumarli tutti.

Trovare il coraggio lentamente,
                                    fumando,
            pronunciarlo ad alta voce.

Raccontare a tua figlia del sangue che ti è colato lungo le gambe e ti ha macchiato i sandali nel bagno di un ristorante poche ore dopo aver sposato suo padre.

Omettere il breve intervallo di tempo intercorso tra quell'emorragia che tu hai considerato un aborto e l'istante in cui ti sei sentita di nuovo incinta, raccontarle che hai scritto la scena in quel modo per il bene della storia.

Parlarle del sangue, poi rifugiarsi nelle solite massime sull'arte e sulla bellezza.

Tacere la verità su quell'intervallo di tempo durato meno di un giorno. Il dottore aveva detto che si trattava della stessa gravidanza, che era stata una perdita e non un aborto, ma tu sapevi che si sbagliava. Era un altro bambino, e tu avevi scelto il padre.

Aggrapparsi a quella certezza come ci si aggrappa a un soprabito o a una parola.

Cucire un soprabito di parole da usare come mantello.

Arrampicarsi sul ramo di un mandorlo.

Salire sempre più in alto come facevi da bambina, ricordare la brezza profumata di mandorla e tuo padre che ti aspettava sotto, pronto a prenderti se fossi caduta.

Sopportare il fatto di trovarsi su un'isola a fumare sigari tutto il giorno mentre l'orecchio di tuo figlio viene recapitato alla reception di un albergo dentro una scatola.

Conoscere la vergogna di chi fa soffrire i propri figli e non avere niente per nasconderla tranne un soprabito lurido.

Ascoltare tua figlia dire che il soprabito ha l'odore di un estraneo.

Essere l'estraneo di cui lei parla.

Scoprire che essere un'estranea per tua figlia è come avere la febbre: senti la pelle scottare mentre lei freme di rabbia e non ti sopporta più.

Guardarla partire a bordo di una barca attraverso gli occhiali su cui ti sei seduta per errore e che è impossibile aggiustare sull'isola dove ti chiamano vedova.

Cogliere in quel momento, attraverso la lente rotta, tutti i frammenti di lei necessari per sapere.

Immaginare che la barca sia un accento a pelo d'acqua, una virgola, e poi

Quando Rocha trovò il canale giusto, le immagini dell'incendio erano già passate. Ora le telecamere mostravano cenere che fluttuava come uno sciame di locuste, o come qualcosa di ancora più piccolo che in tivù non si può mostrare, grappoli di atomi o elettroni, schegge spettrali di una mente troppo speciale per morire come tutti, per aspettare la vecchiaia o la malattia.

Alla fine fecero una panoramica dell'insegna dell'albergo e degli ombrelloni gialli. Buona parte del retro dell'edificio era ridotta in cenere. Un ragazzo dell'isola che lavorava alla reception stava parlando al microfono, ma Rocha tolse l'audio. Non aveva voglia di ascoltare le congetture di un fattorino in infradito. Aveva già sentito raccontare degli strani sigari di Beatriz, del fatto che l'incendio era stato senz'altro un incidente. Ma Beatriz l'aveva preannunciato e lui non aveva capito. Quando aveva detto che l'isola era il posto giusto dove finire le cose, aveva creduto che alludesse al libro appena pubblicato, che fosse il suo modo di fargli sapere che lo approvava. Aveva interpretato il messaggio come un riconoscimento del suo lavoro di editor, della sua bravura.

Osservando gli uomini in canottiera che gettavano secchiate d'acqua nella stanza in cui Beatriz aveva preso fuoco, Rocha si scoprì incapace di pensare al corpo di lei. Pensava soltanto alle sue frasi, a Luisa Flaks nella vasca da bagno che lascia tracimare l'acqua oltre il bordo, a come Beatriz lo accusasse di aver frainteso: bisognava asciugare soltanto il linguaggio, non la donna che aveva inventato, non l'acqua che dilagava sul pavimento.

Ora anche le ceneri erano sfocate. Un po' di sabbia o di fuliggine si era posata sull'obiettivo, forse uno schizzo d'acqua.

«Pulite quella telecamera, coglioni!» strillò Rocha alla tivù come un vecchio sclerotico. Ma la macchia rimase.

«Eliminato.» Così si era espresso il tipo del servizio di sicurezza per informarlo della scomparsa dello strozzino. L'avevano trovato. La sorella di Rocha aveva insistito perché lui reclutasse due società concorrenti: una non bastava. Commissionare un omicidio a ben due criminali e pagarli con un assegno l'aveva fatto sentire un verme. Si era sempre considerato una persona di sani principi, a differenza dei suoi fratelli. Certo, aveva commesso azioni di cui si vergognava, ma in cuor suo era convinto di essere diverso da loro. Sulle cose veramente importanti sarebbe stato capace di attenersi ai propri principi come le sue sorelle e i suoi fratelli non avevano mai fatto. Non era andata così. Quando Marcus era stato rapito, Alessandro gli aveva suggerito di assoldare un sicario. Ma Rocha era inorridito. Pagare un assassino? Finanziare l'industria della morte? Il paese non sarebbe mai cambiato se i cittadini onesti avessero continuato a rivolgersi a degli assassini per uccidersi l'un l'altro.

Alla fine però l'aveva fatto. Aveva pagato un assassino. Anzi, più d'uno. Era un uomo capace di rispettare i propri principi a spese della vita degli altri ma non della propria, né di quella del suo compagno. E ora non aveva altra scelta che guardare l'insulso montaggio dell'incendio in tivù, insieme a migliaia di altre persone.

Mentre la barca sussultava, Raquel si teneva stretta alla ringhiera come gli altri passeggeri. A ogni onda la prua sobbalzava con tanta violenza da far saltare tutti sulla panca.

«Stasera la luna è dispettosa», disse la donna anziana accanto a lei aggrappandosi alla ringhiera.

Cominciò a raccontarle del suo ultimo viaggio verso la terraferma alla vigilia di una luna piena, e Raquel annuì educatamente senza però ascoltarla davvero. Tanto non sarebbe più tornata a Boipeba. Non che volesse abbandonare sua madre, ma avrebbe mandato Marcus. A lui non sarebbe importato di vederla con quel vecchio soprabito lurido, come una senzatetto. Le avrebbe fatto avere un paio di occhiali nuovi, vestiti puliti e sandali. Sarebbe stato Marcus a decidere quando riportarla a casa. Era il suo turno. Raquel non sarebbe tornata. Non questa volta.

«Guardi laggiù!» La donna indicò quella che pareva un'onda frastagliata. Poi Raquel vide una lunga linea grigia che spezzava la lastra del mare: il dorso enorme di una balena.

Dopo un istante, così come era apparsa, la balena s'inabissò di nuovo.

João non aveva fame.

Ma sua madre gli aveva preparato il pane di cocco ed era stata irremovibile.

Così mangiò per lei.

E sua madre gli restò accanto, spolverandogli via la cenere dai capelli.

Emma era in bagno, impegnata a togliere i capelli dalla spazzola, quando sentì Miles urlare qualcosa a proposito di Beatriz nella stanza accanto. Accese la ventola per coprire il suono della sua voce. Nonostante avesse cercato di essere onesta, lui si era rifiutato di partire o di trasferirsi in un'altra stanza. Un tempo ammirava la sua capacità di tenere duro a ogni costo. La sua determinazione era contagiosa, forse soprattutto lì in Brasile. Visto che Miles non accennava a partire, Emma aveva deciso che l'unica soluzione era andarsene per prima. A Salvador gli alberghi non mancavano. Marcus sarebbe uscito dall'ospedale quel pomeriggio, poi avrebbero cercato un'altra sistemazione.

Al mattino però era ancora confinata lì, costretta a sorbirsi gli sproloqui di Miles fuori dalla porta del bagno. Il suo ex fidanzato, riuscendo a sovrastare il baccano della ventola, strillava qualcosa a proposito di un incendio. Quando sentì la parola «morta», Emma si fermò e mise giù la spazzola.

Lo sentì dire: «Bruciata. In cenere».

La stanza le crollò addosso.

Udì la parola «defunta». In tivù c'era l'immagine dell'atrio di un albergo.

Uscì dal bagno e vide la porta della camera socchiusa e la televisione accesa. Sullo schermo, al posto del retro di un edificio, una voragine fumante. Turisti e isolani stavano assiepati lì davanti tra i colpi di tosse. Un elicottero atterrava sul posto, una scritta a caratteri bianchi scorreva in sovrimpressione: BEATRIZ YAGODA, LA SCRITTRICE SCOMPARSA, È DECEDUTA NEL CORSO DI UN INCENDIO SULL'ISOLA DI BOIPEBA.

La scritta passò un'altra volta, poi un'altra ancora, ed Emma continuò a leggerla, traducendola mentalmente parola per parola. Era ancora concentrata sulla frase in sovrimpressione quando sentì Miles parlare a qualcuno fermo in corridoio.

«Emma, puoi dire a questo tizio che ha sbagliato stanza?»

Lei staccò gli occhi dal telegiornale e vide Marcus sulla soglia, impietrito di fronte al televisore. In un secondo capì cosa stava succedendo, ma lo capì anche Miles, che prese Marcus per la maglietta e cominciò a scuoterlo con tale violenza che lui strillò dal dolore e cercò di coprirsi la fasciatura. Emma gli gridò di smetterla, cercò di allontanarlo mentre il telegiornale continuava a berciare alle loro spalle, sempre più fragoroso; divorava la stanza e poi il corridoio quando Marcus riuscì a liberarsi, Emma gli corse dietro e lui disse: «Ti prego. Mia madre è morta. Lasciami in pace».

Che stiate ascoltando o no, amici, che la bellezza di una frase vi commuova o vi lasci indifferenti, oggi la letteratura brasiliana ha perso un pezzo d'anima. Beatriz Yagoda giocava d'azzardo ed è scappata anche dai propri figli, ma scriveva come se la stanza fosse in fiamme, tanto che le si è schiantata addosso. Alle nove di questa mattina è morta nel corso di un incendio in un albergo di Boipeba. Le fiamme sono state appiccate da un sigaro lasciato incautamente acceso nella sua stanza. Fumatori, siate prudenti.

Emma rimase nella sua stanza d'albergo in caso Marcus decidesse di telefonare. Gli aveva lasciato un messaggio dopo l'altro, fino a intasare la casella vocale. Raquel aveva chiamato una volta per comunicarle i dettagli del funerale, poi non si era più fatta sentire.

Miles era tornato a Pittsburgh.

La sua autrice era morta.

A parte qualche voce giù in strada e le note di una samba diffuse da un'auto di passaggio, nulla spezzava il silenzio anonimo della camera. Mentre i lunghi minuti del pomeriggio afoso si trasformavano nei minuti ancora più lunghi della sera, Emma diventava inquieta. Cercava voli su internet ma non si decideva a prenotare. Usciva a mangiare qualcosa, rientrava in camera. Le ore che mancavano al funerale gocciolavano lente come una perdita da un rubinetto.

Al calare del buio cominciava a sfogliare il suo quaderno, cercando di decifrare le frasi che aveva cancellato e riscritto. Dopo gli eventi degli ultimi due giorni, anche la sua grafia le risultava misteriosa.

Traducendo aveva imparato a digitare frasi intere senza mai guardare lo schermo. Teneva il viso girato verso il libro di Beatriz aperto sulla scrivania, oppure guardava fuori dalla finestra mentre le dita battevano alla cieca le parole. Quando rileggeva, scopriva con una specie di meraviglia che le sue mani avevano tradotto i pensieri nelle frasi ordinate che si susseguivano sullo schermo. Non c'era ragione di credere che non avrebbero ripetuto quella magia se le frasi da digitare fossero nate nella sua testa.

E se le sue dita avessero fallito il compito, se i suoi pensieri si fossero rivelati indegni di essere scritti, chi l'avrebbe saputo? Era sola con tutte le ore della sua vita.

Trascrivere: [dal latino *trascribere*, comp. di *trans* e *scribere*] **1.** Riscrivere qualcosa da capo e in modo integrale, come nel caso di una partitura musicale per un nuovo strumento. **2.** Trasformare un brano scritto in modo da alterare le aspettative degli altri o le proprie; processo che implica spesso l'abbandono radicale di tali aspettative. *Si veda anche*: trasformare, trasgredire, tradurre.

Fu Rocha a organizzare il rinfresco privato che seguì alla cerimonia indetta dal ministro della Cultura alla Biblioteca Nacional. Si rivolse ad Antiquarius, il ristorante più prestigioso di Rio, e parlò direttamente con lo chef per assicurarsi che tutto fosse impeccabile: i vassoi di carne e frutta migliori, una prelibata selezione di sashimi, qualche insalata. Scelse personalmente i fiori, piccoli vasi di gigli color crema, e si sincerò che fossero sistemati con eleganza e discrezione, anziché abbinati come al solito a mazzi di felci sparute.

Prima del funerale si era svegliato ogni notte e aveva visto le ceneri fluttuare a mezz'aria sopra il letto, appiccicarsi alle pareti e allo specchio del bagno. A parte le telefonate necessarie, non aveva quasi aperto bocca. «Un uomo capace di fare silenzio», aveva scritto Beatriz nel suo terzo romanzo, «è un uomo capace di iniziare.»

Ma iniziare cosa? E per chi?

Se João avesse sentito puzza di bruciato qualche minuto prima.

Se fosse uscito in tempo e avesse visto il fumo alzarsi dal cespuglio di buganvillee.

Se il tubo del giardino fosse stato più lungo.

Se sull'isola fosse esistito un furgone attrezzato per gli incendi, se Mario avesse comprato un estintore, se qualcuno avesse posseduto una tuta ignifuga e una maschera che permettessero di entrare in una stanza in fiamme e salvare una persona.

Se non avessero usato il bambù per le poltrone e gli armadi.

Se avessero considerato la velocità con cui il bambù prende fuoco, riempiendo una stanza di fumo.

Se fosse rimasta un altro po'.
Se avesse insistito perché sua madre partisse con lei.
Se l'avesse costretta.
Se non fosse stata così severa.
Se il motore si fosse inceppato.
Se non avesse fissato tanto a lungo quell'orrido soprabito.
Se avesse aperto gli occhi al buio e avesse ricambiato lo sguardo di sua madre.
Se avesse ammesso quanto era bello starsene sdraiata accanto a lei e sentire la sua presenza mentre la osservava.
Se dopo l'incendio fosse rimasto qualcosa di sua madre.
Se i vigili del fuoco avessero trovato qualche frammento di denti.
Se si fosse voltata e l'avesse salutata ancora, sventolando forte il braccio.
Se l'avesse chiamata mentre la barca si allontanava, lasciandole la curiosità di ciò che aveva gridato dall'acqua.
Se il mare fosse stato così mosso da impedirle di partire.
Se la balena.
Se la barca.
Se la pioggia.

Bisogna onorare i ricordi accettando il fatto di non poterli cambiare, stava dicendo il rabbino. O forse il suo discorso era più sensato, più complesso, però Emma non riusciva a seguirlo. Si sentiva offuscata, pervasa da uno strano disagio. Era come se qualcuno la stesse fissando con un'intensità imbarazzante, nello stesso modo in cui la fissava Beatriz ogni volta che camminava verso di lei dall'altro capo di una stanza.

Solo che era impossibile. La sua autrice era morta, era cenere. Forse uno degli invitati al funerale aveva il suo stesso sguardo elettrico. Emma scrutò in giro per individuare la persona in questione, ma tutte le teste erano abbassate per il Kaddish.

Chinò il capo a sua volta, cercando di concentrarsi sulle parole che conosceva già. «*Yit'gadal, v'yitkadash*», mormorò in ebraico insieme ai parenti anziani che erano arrivati in anticipo e avevano occupato tutta la prima fila. Raquel si era rifiutata di chiedere a quei vecchi zii e zie i soldi del riscatto, ma li aveva invitati al funerale, e loro erano accorsi in massa, abbracciando i nipoti con il trasporto che si riserva ai bambini. La prima fila sembrava fatta apposta per quegli anziani parenti, che intonavano il lamento funebre con voce grave.

Emma non capiva perché anche il capo di Raquel, invadente e incredibilmente peloso, si fosse piazzato in prima fila. Quei posti erano destinati ai familiari, a coloro che nel corso degli anni sarebbero stati sepolti accanto a Beatriz, a suo fratello e ai suoi genitori, nel settore ebraico del

241

Cemitério do Cajú. Se solo li avessero chiamati quando serviva.

Se Beatriz avesse chiesto i soldi a loro anziché a Flamenguinho.

Se il fratello che Beatriz andava a trovare spesso in quello stesso cimitero non fosse morto a diciassette anni. Se avesse imparato a conoscerla come solo un fratello può fare nel corso di una vita.

Se Emma avesse imparato a conoscerla davvero.

Se le avesse fatto domande più intelligenti.

Se gliene avesse fatte meno.

Se fosse stata capace, anche solo per una volta, di sedersi in terrazza insieme a lei senza l'ansia che la spingeva a frapporre tra loro una cortina di interrogativi letterari.

«Se volete per cortesia andare a pagina centodieci.»

«A pagina centoventitré.»

«Se volete concedere la vostra attenzione a Raquel, che ha scelto un brano tratto da...»

«Se avete letto il secondo romanzo di mia madre, ricorderete senz'altro questa scena. Si svolge subito dopo la morte del sindaco, quando sul fiume cominciano ad arrivare farfalle dai colori sempre più spenti.

«"Per anni"», cominciò a leggere Raquel, «"stuoli di farfalle erano accorsi in riva al fiume, formando sopra l'acqua nuvole variopinte. I turisti arrivavano in barca per osservare quelle meraviglie screziate di rosa e di arancione. Poi uno dei sindaci si ammalò e restò confinato a letto. L'altro fu ucciso brutalmente, e le farfalle non furono più le stesse. All'inizio l'arancione delle ali si mutò in un nero sfavillante. Quindi il rosa lungo i bordi s'incupì in un marrone smorto. Di fronte a quegli sciami incolori, i turisti storcevano il naso. Pensavano a un'invasione di cimici e se ne andavano scandalizzati.

«"Solo la gente del posto"», proseguì Raquel, «"continuò a chiamarle farfalle e ad allungare le braccia per sentire sulla pelle il tocco delle ali. Lungo il Rio delle Amazzoni quelle ali opache avevano lo stesso fascino degli occhi grigiazzurri dei neonati, della foschia serale che avvolge il fiume dopo un monsone."»

Raquel fece una pausa per calmare il tremito delle mani. Ma aveva atteso troppo a lungo. Aveva perso il segno. Cercando il punto dove si era interrotta pensò a tutti gli istanti simili che ancora l'aspettavano: sua madre era morta e poteva ritrovarla soltanto in un groviglio di frasi come quello.

«"Della foschia serale che avvolge il fiume dopo un monsone"», ripeté fissando la gente che era venuta a piangere

243

Beatriz. Ciascuno di loro la osservava in attesa. Solo quando il suo sguardo si fermò sulla seconda fila capì chi stava cercando. L'unica persona in grado di immaginare l'intensità del suo tremito, le parole di cui aveva bisogno. Emma scandì in silenzio la frase, Raquel la ritrovò e continuò a leggere ben oltre la fine del brano, per dimostrare di esserne capace. Poi andò avanti ancora, fino a escludere dal gesto i presenti, e perfino sua madre. Rimasero soltanto le frasi, il suo respiro modulato sulle frequenze della prosa, il ritmo che le riempiva il petto. Per la prima volta da parecchi giorni non si sentiva vuota.

Quando tornò a sedersi accanto a Marcus, era senza fiato. Le zie si allungarono a farle i complimenti, e Raquel le ringraziò, il volto umido di lacrime. Poi Marcus le prese la mano e lei si lasciò crollare sulla sua spalla, anche se non era rimasto granché su cui crollare. Era diventato così magro. Sotto la giacca aveva il petto incavato come il ponte di una nave, e Raquel non riusciva a ricordare i motivi che l'avevano spinta ad augurargli la sua stessa solitudine.

Sul pulpito, il rabbino che nessuno di loro conosceva declamò le ultime parole della preghiera finale, e la diga cedette. Il fiume dei presenti si levò verso di loro. Raquel disse a Marcus che avrebbero rischiato di affogare se non fossero corsi subito verso le berline nere che Rocha aveva preso a noleggio per la processione.

«A meno che tu non voglia chiedere a qualcuno di unirsi a noi», aggiunse.

Marcus fece ciondolare il capo e disse che riusciva a pensare soltanto a una persona.

«Le parlerò io», disse Raquel. «Tu va' alla macchina. Ci vediamo lì.»

L'inizio del semestre. Le pile di programmi. Uno studente si presentò con la maglietta a rovescio. Un'altra entrò in classe ruminando a bocca aperta una gomma da masticare, con un vigore che le imponeva di usare tutti i muscoli della faccia.

Quel semestre il caldo non allentò la morsa. Le foglie rimasero sugli alberi.

Un giorno, al termine della quinta ora di lezione, Emma trovò una lucertolina gialla che annaspava nella sua tazza di caffè. La settimana dopo la porta del suo ufficio si inceppò per colpa dell'umidità, e lei rimase chiusa dentro, costretta a bussare finché un collega di passaggio armeggiò con la maniglia e riuscì a liberarla. Il mattino seguente la maniglia arrugginita le rimase in mano.

Alla Pontificia università cattolica di Rio de Janeiro ogni giornata era un'incognita. Come tutta la sua vita, del resto. I suoi genitori le ripetevano sempre che non poteva vivere in quel modo a trent'anni suonati, da sola in un paese pericoloso, insegnando all'università per uno stipendio così misero che era costretta a prendere in affitto una camera da una musicologa di nome Esmeralda.

In realtà Emma stava da Esmeralda soltanto quando scriveva. Le altre notti le passava a casa di Marcus; oppure salivano su un autobus e viaggiavano lungo la costa. Quel giorno, per esempio, erano seduti all'ombra frastagliata di una palma e osservavano una donna anziana che non somigliava affatto a Beatriz tracciare parole nella sabbia con l'alluce del piede, avvicinandosi sempre più all'acqua a ogni segno.

Le onde schiumavano intorno alle sue caviglie, eppure lei continuava ad avanzare. Le parole si dissolvevano mentre le scriveva. Si poteva pensare che quando avesse avuto l'acqua alle ginocchia si sarebbe fermata.

E se non l'avesse fatto? Se avesse proseguito?

I bagnanti si scambiavano sguardi perplessi domandandosi chi sarebbe andato per primo da lei e cosa le avrebbe detto. Era possibile che l'immagine di quella donna tornasse a perseguitare anche coloro che erano rimasti sotto l'ombrellone? Che nel cuore della notte sentissero la schiuma del mare intorno alle caviglie, scoprendo che stavano entrando nell'oceano insieme alla sconosciuta?

Finito di stampare nel mese di marzo 2017
presso il Nuovo Istituto Italiano d'Arti Grafiche Bergamo